LE DÉMON DU PEEP-SHOW

DU MÊME AUTEUR
CHEZ LE MÊME ÉDITEUR

N° 1 : LE MONSTRE D'ORGEVAL
N° 2 : LE CARROUSEL DE LA PLEINE LUNE
N° 3 : L'ABOMINABLE BLOCKHAUS
N° 4 : LES SÉMINAIRES D'AMOUR
N° 5 : LE MARCHÉ AUX ORPHELINES
N° 6 : L'HÉROÏNE EN OR MASSIF
N° 7 : UN CHANTAGE TRÈS SPÉCIAL
N° 8 : LES REQUINS DE L'ÎLE D'AMOUR
N° 9 : LA CITÉ DES DISPARUES
N° 10 : LE CYGNE DE BANGKOK
N° 11 : LA MANTE RELIGIEUSE
N° 12 : LE JEU DU CAVALIER
N° 13 : LA CROISIÈRE INTERDITE
N° 14 : LE HAREM DE MARRAKECH
N° 15 : LA MAISON DES MAUDITES
N° 16 : LA PERMISSION DE MINUIT
N° 17 : LES CAPRICES DE VANESSA
N° 18 : LA VIPÈRE DES CARAÏBES
N° 19 : LE VOYOU DE MONTPARNASSE
N° 20 : LES FILLES DE MONSEIGNEUR
N° 21 : LA NUIT ARABE DE MONACO
N° 22 : LA FERMIÈRE DU VICOMTE
N° 23 : LA PUNITION DE L'AMBASSADEUR
N° 24 : LA SECTE DES AMAZONES
N° 25 : LES SIRÈNES DE L'AUTOROUTE
N° 26 : LE BOUDDHA VIVANT
N° 27 : LA PLANCHETTE BULGARE
N° 28 : LE PRISONNIER DE BEAUBOURG
N° 29 : LES ESCLAVES DE LA NUIT
N° 30 : LES POUPÉES CHINOISES
N° 31 : LES SACRIFIÉES DU SOLEIL
N° 32 : L'EXÉCUTRICE
N° 33 : LA PRÊTRESSE DU PHARAON
N° 34 : UN CANAL ROSE POUR CIBISTES
N° 35 : LES FANATIQUES DE LA VIDÉO
N° 36 : LES ANGES DE PIGALLE
N° 37 : SOSIES SUR MESURE
N° 38 : LA MARQUE DU TAUREAU
N° 39 : L'ÎLE AUX FEMMES
N° 40 : LA CHÂTELAINE DE L'ORDRE NOIR
N° 41 : LA PRINCESSE DES CATACOMBES
N° 42 : LA DISPARUE DE SUNSET BOULEVARD
N° 43 : LE PARFUM DE LA DAME EN GRIS

Nº 44 : LES FEMMES MYGALES DE CÔTE-D'IVOIRE
Nº 45 : LA DANSE DES COUTEAUX
Nº 46 : LES AMANTS DE SINGAPOUR
Nº 47 : LA VEUVE DU LAC
Nº 48 : LES FANTASMES DU NOTABLE
Nº 49 : LA BÊTE DU LUBERON
Nº 50 : CARNAVAL À VENISE
Nº 51 : LES NUITS BLANCHES DE LA TOUR EIFFEL
Nº 52 : LOVE TELEPHONE
Nº 53 : GOLF-PARTY
Nº 54 : L'ENFER DU COLLECTIONNEUR
Nº 55 : LES SOMNAMBULES DU DOCTEUR MARLY
Nº 56 : LES ENVOÛTÉES DU MARABOUT
Nº 57 : LA TUEUSE D'HOMMES
Nº 58 : LA DIVA DU BOIS DE BOULOGNE
Nº 59 : LA FOLIE DE BARBE-BLEUE
Nº 60 : LE MANIAQUE DU PARKING
Nº 61 : LE BATEAU DES FILLES PERDUES

MICHEL BRICE

BRIGADE MONDAINE

LE DÉMON DU PEEP-SHOW

PLON

Les dossiers Brigade mondaine de cette collection sont basés sur des éléments absolument authentiques. Toutefois, pour les révéler au public, nous avons dû modifier les notions de temps et de lieu ainsi que les noms des personnages.

Par conséquent, toute ressemblance avec des personnes existantes ou ayant existé serait totalement involontaire et ne relèverait que du hasard.

ISBN : 2-259-01257-4

CHAPITRE PREMIER

A une vitesse qu'on aurait pu qualifier sans exagération de supersonique, les trois ou quatre revues que Robert Lievin était en train de feuilleter sur ses genoux se replièrent les unes dans les autres avec un bruit furtif de papier déchiré et froissé.

— Bon sang, songea-t-il, il pourrait quand même penser à frapper, de temps en temps, avant d'entrer !

Une kyrielle de photos multicolores disparurent en un éclair. Multicolores, mais avec une seule et unique dominante : cette couleur indéfinissable et variable qui tient du brun, du rose, du beige, de l'or, du cuivre, de l'orangé et de mille autres nuances qu'on n'en finirait pas de détailler. Mais pas seulement avec les yeux. Avec les mains, la bouche et le reste...

La couleur de la chair.

De la chair féminine, bien entendu.

Quinze, vingt, cinquante photos de filles cambrées, renversées, tordues, ouvertes, contorsionnées dans des positions de plus en plus invraisemblables au gré des caprices du preneur de vues, s'évanouirent au fond du tiroir du grand bureau à la surface très « design » années 70 (acier strié luisant sous les spots, comme une surface d'argent polie à l'Argentil — marque Solitaire, publicité gratuite — par une femme de ménage stakhanoviste qui aurait voulu voir son nom figurer dans le

Livre des records. Quinze, vingt, cinquante filles « à poil » — il n'y avait pas d'autre mot — et saisies pour l'éternité dans des renversements époustouflants, des agenouillements qui les laissaient voir jusqu'au fond de l'âme, c'est le cas de le dire. Des esquisses de caresses qui les pâmaient au fond de divans profonds, des regards à vous déglinguer les nerfs, des torsions de hanches ou de croupes à vous faire grimper aux rideaux rien qu'en vous aidant de ce membre à transformations instantanées que lesdites torsions avaient justement mis hors de lui.

Et les légendes aussi ! Les textes qui accompagnaient ces « reportages » très spéciaux. Conçus pour vous faire perdre encore un peu plus la tête, vous donner le coup de grâce... « Les entrechats de Natacha »... « Angèle, l'hôtesse de l'air qui crève les cieux pour s'envoyer en l'air »... « Messe en ré sur l'île de Ré pour Line la câline »... Bref, rien que de la grande littérature, La meilleure. Celle qui se réalise dans la vie. Qui communique sa chaleur torride, directement du papier imprimé au ventre et au bas-ventre, qui déclenche des émotions en chaîne, comme un surgénérateur en pleine fission de l'atome.

Ça faisait quelques mois déjà que Robert Lievin était la « victime » extrêmement consentante de ce genre de tourments secrets.

Il avait beau se dire que c'était la cinquantaine qui approchait et qui lui disait à l'oreille d'en profiter au lieu de gâcher sa vie dans la fidélité conjugale, c'était le genre d'évidence qui ne résolvait rien.

A quarante-huit ans, sous ses airs stricts, sévères même, sous ses complets anthracite, ses cravates impeccables à pois, ses chemises blanches, son masque sévère de meneur d'hommes à lunettes d'écaille et aux cheveux lissés en arrière qu'on aurait dit comme gominés façon danseur de tango argentin, il était tout bonnement et ni plus ni moins qu'en rut.

Pour le PDG de l'une des entreprises les plus florissantes et les mieux gérées de France, ça faisait plutôt surréaliste, cette remontée de sève printanière chez un homme qui était tout juste au début de son automne.

François-Georges Chevalier, chef du personnel, n'avait rien vu. Ou il faisait semblant, ce qui revenait au même. Il laissa retomber la lourde porte capitonnée du bureau de Lievin et traversa l'espace qui le séparait de la longue table en acier strié. Tous les murs étaient recouverts de laque noire. Sauf la paroi à laquelle Lievin tournait le dos, tapissée d'un grand miroir qui renvoyait la lumière des spots vers les autres murs, profonds comme des lacs de montagne sous la lune.

— J'ai dû boire un verre de trop à midi, gémit Chevalier en se laissant tomber dans un des fauteuils de cuir qui faisaient face au bureau du patron. Ça ne me réussit pas. Tu as entendu parler de la campagne d'information sur l'infarctus ? J'ai exactement le profil. Cinquante-deux ans. Vie sédentaire, grandes bouffes, alcool, deux paquets de cigarettes par jour. Une femme, trois maîtresses régulières, deux pensions alimentaires. Et quand j'ai la chance de pouvoir rentrer chez moi à huit ou neuf heures, le soir, c'est pour entendre parler des bulletins de notes de Fabrice, douze ans, et Sophie, quatorze, qui leur vaudraient le bonnet d'âne en permanence si la coutume ne s'en était pas perdue.

Dans tout le Groupe Pache et Sokal, il était le seul à oser appeler Lievin « mon vieux ». La dureté de Lievin était aussi célèbre que son charme. Une froideur implacable quand il le fallait. Allant jusqu'au sadisme dans certains cas. Des collaborateurs congédiés en gardaient un souvenir cuisant...

— Ne t'en fais pas, fit Lievin. Un jour, tes enfants seront grands, plus de bulletins, plus de pensions... La belle vie, quoi !

Entre lui et Chevalier il y avait une vieille histoire qui faisait que, quoi qu'il arrive, leur amitié survivrait à jamais. Une histoire que presque tout le monde ignorait, qui remontait à la dernière guerre, alors qu'ils n'étaient que des gosses. Les parents de Chevalier et ceux de Lievin appartenaient au même réseau de Résistance. Fin 43, les deux tiers des membres du réseau avaient été arrêtés par les Allemands. Les Chevalier et les Lievin avaient alors décidé de fuir. A tout prix. Même en courant des risques énormes. Leur but était de rejoindre les Forces françaises libres en Afrique du Nord. Ils avaient réussi à gagner Perpignan en échappant aux mille pièges d'une France entièrement quadrillée par la police allemande ou collabo. Emmenant leurs enfants avec eux. Puis ils avaient atterri sur la côte, où un rendez-vous avait été fixé avec le capitaine d'un bateau de pêche. La mer était démontée et le bateau n'était pas là. Au matin, un patrouilleur allemand surgit de la brume. Les faux passeports qu'ils avaient sur eux, les cartes d'état-major des côtes françaises et espagnoles, ne laissaient aucun doute sur leurs activités. Ils furent arrêtés.

Un mois plus tard, un train de déportés quitta Paris pour Buchenwald. Les Chevalier et les Lievin étaient dedans. Avec leurs enfants.

Robert et François-Georges avaient huit et douze ans quand ils débarquèrent à Buchenwald. Ensemble, ils connurent l'horreur du froid, de la faim, du spectacle des longs cortèges en partance pour le camp d'extermination le plus proche, celui de Dora.

Au moment de la libération du camp, en avril 1945, ils étaient les seuls survivants de leurs deux familles. Squelettiques, couverts de croûtes et de crasse, tremblants de fièvre et d'horreur, ils avaient mis des mois à se retaper, et à retrouver à peu près une figure humaine.

Lievin considéra Chevalier, son chef du personnel, avec une chaleur qu'il ne réservait qu'à ses intimes. Dans le groupe Pache et Sokal, on ne montait pas toujours à l'ancienneté. En tout cas pas pour les postes de confiance. Chevalier avait été parachuté par Lievin dès que celui-ci avait pris la direction de la firme, dix ans auparavant.

— Comment ça s'est passé, au fait, ce déjeuner? questionna-t-il.

Tout en essayant d'oublier son érection de tout à l'heure, due à la « consultation » furtive mais fiévreuse de quelques revues dites « érotiques » maintenant chiffonnées au fond du tiroir de son bureau.

Chevalier étouffa un renvoi pénible. L'Américain avec lequel il avait déjeuné, un type de la Gulf and Western de New York, avait insisté pour boire du pineau blanc avec les huîtres puis avec le foie gras. C'était merveilleux, le pineau des Charentes, mais ça avait donné à Chevalier l'impression de traîner pendant toute la journée un boulet de quinze tonnes accroché à l'endroit où, ordinairement, il avait l'estomac.

— Pas mal, apprécia-t-il. Je crois qu'ils vont marcher avec nous. On va pouvoir mettre à l'étude l'agrandissement de nos usines de Houston, Robert...

Lievin grogna de satisfaction. Toute entreprise qui ne s'agrandit pas est une entreprise qui meurt. Le groupe Pache et Sokal tirait l'immense majorité de ses revenus de ses activités sur les champs pétrolifères du monde entier.

— Qu'est-ce que tu fais pour le week-end? questionna François-Georges pour changer de sujet.

Lievin eut un geste évasif.

— Rien de spécial. Tu as vu le temps, d'ailleurs? Pas question d'aller à « La Beaumière », hein?

C'était la maison qu'il avait achetée en Sologne, une sorte de manoir construit au début du XIXe siècle.

— Dégueulasse, apprécia Chevalier. Je sens que je vais me mettre au lit tôt, ce soir, si les enfants consentent à me lâcher un peu, avec leurs bulletins catastrophiques.

Depuis la veille, une tempête violente s'était abattue sur la France. Pluie, bourrasques, vents qui faisaient frémir les immeubles jusque dans leurs fondations. La télé montrait des villages aux toits arrachés, des voitures transformées en radeaux de la Méduse sur des fleuves de boue, des bateaux perdus en plein Atlantique.

— Un temps de novembre, soupira Lievin. Ne te plains pas. Pour une fois qu'on a un temps de saison, puisque justement on est en novembre...

Derrière les stores noirs qui cachaient la vaste baie du bureau, on entendait la pluie mitrailler la façade de l'immeuble, un des buildings modernes du front de Seine, sur le quai André-Citroën. En dessous d'eux (le bureau de Lievin était au douzième étage), c'était le silence des vendredis soirs, quand tout s'est tu, que le ronronnement des machines à écrire électroniques s'est interrompu, que les employés se sont égaillés et que les ascenseurs eux-mêmes se sont immobilisés.

— Je vais te demander de me laisser, fit brusquement Lievin en consultant sa montre. J'ai encore tout ça à étudier (il montrait une pile de notes sur le sous-main de cuir de son bureau, à sa droite). Et puis j'ai des coups de fil à passer. On se revoit lundi ?

Chevalier obtempéra, quittant le fauteuil avec une soumission hiérarchique impeccable.

— Excuse-moi, bafouilla-t-il. A lundi, Robert.

Dès qu'il eut repassé la porte capitonnée, le silence retomba. On entendait la pluie cribler la façade. Très loin, en bas, les voitures qui passaient sur le quai, sous le déluge, produisaient sur la chaussée trempée un bruit d'étoffe qu'on déchire.

A peine seul, Lievin tira à lui son tiroir et en réextirpa les revues qu'il y avait enfouies tout à l'heure. Il avait changé à nouveau de visage. Plus rien du PDG cassant et glaçant qui savait remettre un collaborateur à sa place d'un seul regard ou qui virait en cinq minutes quelqu'un qui ne lui plaisait plus.

Ses oreilles étaient devenues rouges écarlates en un clin d'œil. Puis c'était son front qui avait pris une teinte apoplectique, comme si un eczéma monstrueux l'avait envahi. Seuls ses yeux bleus très pâles restaient durs et fixes.

— Enfin ! fit-il entre ses dents serrées. Enfin seul...

Il n'entendait plus rien. Ni la pluie ni le bruit des voitures, en bas, sur le quai inondé. Ça le reprenait de plus en plus souvent, maintenant, ce genre de coups de folie qui lui accéléraient le sang et lui mettaient le cœur au bord de l'explosion. Avec même plus assez de lucidité pour s'en inquiéter. Rien que la démence brute de l'envie, du désir, de l'appétit des corps féminins, de tous ces corps qu'il avait si peu connus dans sa jeunesse, quand il en aurait été temps...

Il plaqua les mains sur l'une des revues dont la couverture de papier glacé collait à ses paumes moites. Les yeux égarés, il l'ouvrit à la page où Amanda étalait des charmes généreux et affolants. *Amanda, l'amande anglaise*, disait la légende. *Elle se met au lit quand les autres se lèvent,* continuait le texte. *Et quand ils se lèvent très fort, elle n'a plus aucune envie de dormir...*

Lievin non plus n'avait aucune envie de dormir. Surtout que, sur le papier glacé, Amanda à genoux au milieu des draps froissés de son lit s'ouvrait dans ce qu'elle avait de plus intime, exhibant une paire de fesses fabuleuses où, dans le sillon profond de la croupe, remontaient les boucles de plus en plus fines d'une toison châtain doré qui ourlait doucement ses lèvres secrètes à la couleur fruitée puis, plus haut, l'œil froncé et sombre de ses reins qui faisait comme un minuscule puits de velours, un œil rond qui vous regardait en palpitant.

Le PDG du groupe Pache et Sokal ferma un instant les paupières. Il aurait donné son salaire de novembre pour qu'Amanda, la fille nue à quatre pattes sur papier glacé, se matérialise brusquement au milieu du bureau, passe de l'état d'image en deux dimensions à celui d'être vivant, en chair et en os. En chair surtout, brûlante et offerte, prête à vibrer sous ses désirs.

— Je suis dingue, pensa-t-il rapidement.

Depuis quelque temps, il ne comprenait plus rien à ce qui lui arrivait. C'était comme si les lois de la société et de la morale craquaient, tombaient en poussière. Il lui arrivait de traverser les bureaux des secrétaires, dans l'immeuble du groupe, et d'avoir envie de se précipiter sur cette brune ou cette blonde, de se les envoyer là, comme ça, sur la moquette, sans préambule, devant les regards médusés des autres employés. Il n'avait jamais connu ça. L'enfer du rut à l'état brut. L'envie de descendre dans la rue et de tirer son coup avec la première venue, sans lui demander son avis. Le matin, l'après-midi, la nuit. Ça le reprenait tout le temps. Comme si quelqu'un, un étranger, une âme étrangère à la sienne, s'était glissé en lui, l'habitait, doublait sa volonté d'une volonté supérieure à la sienne. Est-ce que c'était ça qu'on appelait être « possédé » ? Possédé de quoi ? Du démon ? De Satan ? Du diable ? Lievin avait remisé depuis longtemps dans le placard aux illusions perdues la foi de son enfance. Il ne croyait plus en Dieu ni en la résurrection, ni en la virginité de Marie et autres fariboles, pensait-il, bonnes pour les peuples primitifs. Alors, Satan ! Le diable ! Mais Karen, elle, était restée très croyante. Karen, sa femme... Son épouse depuis près de vingt ans... C'est elle à qui il aurait dû demander conseil, poser des questions. Seulement voilà : Karen était justement la seule personne à laquelle il ne parlait pratiquement plus jamais de rien. A laquelle il ne confiait rien. Ni ses soucis, ni ses chagrins, ni ses espoirs. Elle ne lui confiait rien du tout non plus, d'ailleurs.

Ils étaient un mari et une femme comme des millions par le monde.

Un mari et une femme liés par la vie et les habitudes. Avec entre eux le poids d'un amour mort depuis des années et des années. Mort de quoi ? De rien. De tout. Tué par le temps, la durée, l'horrible durée qui dissout tout. Mort d'habitudes, de silence et de résignation.

Pas de quoi en faire un plat. Ils ressemblaient aux autres, à tous les autres. Ou presque. Ils étaient « à la chaîne ». Et s'ils n'avaient jamais songé à se séparer, c'était parce qu'ils n'attendaient rien non plus du changement. Trop tard. Trop tard pour tout, en somme.

— Pas trop tard pour ça, marmonna brusquement Lievin en dévorant encore des yeux la croupe écarquillée de l'affolante Amanda qui le reluquait de toutes les ouvertures de sa puissante et brûlante féminité.

Dehors, le vent se mit à déchaîner les grandes orgues. Un *Dies irae* fabuleux, tonitruant, planant et néanmoins naturel. Une Kawasaki au pot d'échappement équipé, sans doute, d'un haut-parleur passa sur le quai, déchiquetant un instant le concert grandiose et théâtral de cette tempête de novembre.

Lievin retomba dans son fauteuil, cherchant de la main le téléphone à touches posé sur son bureau. Maintenant il fallait qu'il prévienne Karen. Il pianota un instant puis attendit.

La sonnerie grelotta longtemps à l'autre bout de la ligne, chez eux, rue Barbey-de-Jouy, dans le VIIe arrondissement, un appartement de trois cents mètres carrés. La moitié de la surface au sol d'un ancien hôtel particulier redécoupé en appartements dans les années 30.

Lorsque Karen décrocha, Lievin perçut tout de suite en fond sonore le concert quotidien : les aboiements des trois chiens et le pépiement des oiseaux dans la volière du salon de son épouse, le petit salon bleu tapissé de satin. Des perruches, des ramiers et des paradisiers. L'enfer habituel. Heureusement que l'appartement était grand et que Lievin avait son bureau et sa chambre à l'autre bout, derrière des dédales de couloir qui amortissaient les bruits.

— C'est moi, dit-il d'une voix neutre. J'ai des problèmes, Karen…

— Graves ? questionna la jeune femme de la même voix sans chaleur.

Derrière elle, les chiens s'égosillaient joyeusement. Lievin reconnut les cris stridents d'Apollon, le lévrier barzoï, les glapissements de Whisky, le caniche, et les éternuements sourds de Mister James, le setter irlandais. Karen avait peu à peu reporté sur les bêtes toute sa tendresse de femme déçue par la vie, privée de chaleur et même d'enfants puisqu'une opération, vers vingt ans, l'avait rendue stérile et qu'à l'époque, c'est-à-dire il y avait à peu près quinze ans, on ne parlait pas encore d'insémination artificielle, de bébés éprouvettes, de fécondation *in vitro* et de transferts embryonnaires.

— Graves ? souffla Lievin. Non. Enfin... C'est plutôt un problème moral qu'autre chose... Tu sais que j'ai décidé de me débarrasser de Jeannot Bradeck, je t'en ai parlé non ? J'ai trouvé le biais pour le virer sans le vexer trop : je réintroduis dans le groupe la retraite obligatoire à soixante-sept ans et Bradeck en a presque soixante-dix. Comme il est membre du Conseil depuis vingt ans, ça fait des remous. Alors je dîne avec lui ce soir. Histoire de passer du baume sur ses plaies, quoi. D'arranger les choses en douceur...

Pourquoi il se justifiait comme ça, allant jusqu'à donner des détails dont il savait que Karen se moquait éperdument ?

— Tant pis, fit la jeune femme sans trahir aucune émotion. Tâche de ne pas rentrer trop tard, tu as eu une semaine fatigante...

Elle avait ajouté ça gentiment. Entre eux, l'enfer conjugal était pavé de bonnes manières...

Quelques instants plus tard, en raccrochant, Lievin se demanda quelle réaction elle aurait eue s'il lui avait dit la vérité, comme ça, toute crue... Probablement aucune... Karen n'attendait rien de lui comme il n'attendait rien d'elle que la continuation de la même existence commune de morts-vivants polis l'un envers l'autre. Le même côtoiement des fantômes, depuis vingt ans.

Les doigts pianotant sur le bureau, il regarda encore la photo d'Amanda, sur double page couleurs et glacée. Les deux collines du fessier en gros plan, le buisson bouclé du pubis remontant haut dans le sillon de la croupe, les deux ouvertures enfin dont il avait l'impression de humer les moiteurs élastiques...

D'un geste dont il eut à peine conscience lui-même, le PDG du groupe Pache et Sokal se mit à se chercher de la main, sous le pantalon rayé bleu nuit. Très vite, il s'empoigna. Il était massif et tuméfié, gonflé entre les doigts de sa main droite. Mais il accusait encore une sorte d'étrange mollesse, comme s'il avait absorbé un litre d'alcool et que ses réactions viriles en étaient légèrement handicapées. Il se secoua un peu, nerveusement, puis se lâcha. C'était toujours comme ça, avec ces filles des magazines, offertes et pourtant refusées, plates comme des trompe-l'œil. Elles n'étaient pas « en vrai ». Alors, lui non plus, il n'arrivait pas à bander « en vrai »...

— Ça suffit, laissa-t-il tomber. Assez de hors-d'œuvres.

Il lui fallait autre chose maintenant. Il savait quoi. Les jambes en coton, il s'extirpa du fauteuil et marcha en oscillant vers le cabinet de toilettes, là-bas, au fond de la pièce, derrière une autre porte capitonnée. Un local tout carrelé de noir et ruisselant de lumière. A même le sol, il y avait une petite baignoire-jacuzzi noire elle aussi.

Il se regarda dans la glace.

— Mon pauvre vieux ! fit-il. Toi qui...

Lui qui faisait trembler des centaines d'hommes et de femmes sous ses ordres. Qui tutoyait pas mal de ministres anciens ou actuels, qui conseillait même secrètement, disait-on, certains hauts fonctionnaires en poste à l'Economie ou à l'Industrie. Dont les notes confidentielles sur l'assainissement de l'inflation, le blocage des salaires, le rattrapage du pouvoir d'achat ou la réduction des taux d'intérêt des entreprises, étaient épluchées en haut lieu, dans les états-majors politiques des partis.

— Fin de race, grogna-t-il à sa propre image dans la glace. Dégénéré...

Il n'avait pourtant rien d'un « fin de race » comme il disait. Sauf peut-être une imperceptible mollesse dans le menton. Quelque chose d'inachevé sous la bouche mince et droite... Lui en tout cas se jugeait sans tendresse. Avec de bonnes raisons, pensait-il. Ne descendait-il pas d'une très vieille famille française, annoblie sous Philippe IV le Bel ? Il avait du sang bleu dans les veines. Même si sa mère, authentique marquise, s'était mésalliée en épousant un routier, un certain Lievin qui avait comme sérieux atout de savoir gagner de l'argent, ce que les Pillos-Charnay n'avaient jamais su faire... Leur truc à eux c'était les guerres, le panache, le couvent pour les cadettes, la Maison militaire du roi et autres batifolages d'un autre temps. Comme toutes les familles nobles, les Pillos-Charnay avaient un blason, une couronne et un cimier.

— Sagittaire brandissant un tortil aux couleurs de l'écu et une lance d'argent, récita Lievin en ricanant, amer.

Il s'arracha à la glace qui lui renvoyait cette image ambiguë d'un meneur d'hommes apparemment bourré d'énergie mais qui, secrètement, se pensait lui-même pourri jusqu'à la moelle.

Mais les Pillos-Charnay n'avaient tout de même pas que du mauvais.

Ils avaient une devise, comme toutes les familles nobles.

« Tire droit » !

Compte tenu de ce que Lievin allait faire maintenant, la devise ne manquait pas de sel.

*
* *

Il avala sans les voir vraiment les rues noires et trempées de Paris qui le séparaient de son objectif. 9 heures du soir en novembre... Les feux aux carrefours qui faisaient des trous rouges ou verts dans les ténèbres... Des enseignes lumineuses qui plaquaient leurs maquillages hurlants sur les façades. Les mille reflets des mille lumières de la ville dans le macadam miroitant. Les trottoirs presque déserts, rasés par le souffle continu de la tempête. Le lourd troupeau des nuages roulant là-haut dans le ciel glauque. Les autres voitures embouteillées un peu partout, Parisiens et banlieusards emmêlés pour la grande fièvre du vendredi soir qui préludait à celle du samedi soir…

La climatisation dans l'Alfa Romeo gris métallisé de Robert Lievin faisait régner une torpeur de serre. Avec des gestes d'automate, il obliqua sur le quai d'Orsay vers le pont de la Concorde. L'embrayage était une merveille de douceur, dans l'Alfa 90. Le moteur puissant et souple ronflait imperceptiblement. Le fameux V. 6 de 2,5 l à injection électronique. Sur le tableau de bord digital, des petites lumières faisaient comme une constellation tranquille. Il aurait fallu être voyant ou sorcier pour imaginer que l'heureux propriétaire de cette berline haut de gamme et flambant neuf se sentait le ventre ravagé par une « bête » affamée qui réclamait son dû.

« Qu'est-ce qui m'arrive ? pensa-t-il encore. Je suis devenu dingue, c'est ça… »

L'étrange, c'était que même en pleine crise, il émergeait régulièrement, quelques secondes, retrouvait sa lucidité un instant, avant de replonger en pleine coltar, sous les coups de bélier du sang qui poussait du tréfonds de son corps vers cet arbre maintenant tendu, au centre de lui-même, cette massue de chair prisonnière sous la ceinture et le pantalon, qui l'entraînait irrésistiblement, le poussait vers le gouffre…

La pluie poissait tout et le vent rabattait des odeurs d'hydrocarbures comme des paquets d'écume en pleine mer. Il se dit que l'atmosphère, sur Paris, ressemblait à ce qui remuait en lui, lourd et glacé en même temps. Cauchemardesque.

On a les chemins de croix qu'on peut. Le sien, c'était celui du sexe.

Il écrasa l'accélérateur en ricanant comme un dément. Si le public savait ! Si les gens savaient quels secrets misérables cachent les grands de ce monde, souvent !

Il débarqua sur la place de Clichy où tournoyaient des voitures ruisselantes comme des tortues de mer.

Heureusement que le public ne savait rien !

*
* *

Ça faisait dix minutes maintenant qu'il marchait. Il avait garé sa voiture rue de Bruxelles devant un restaurant espagnol où se célébrait une noce bruyante. Maintenant il accélérait l'allure. Pas tellement à cause des bourrasques glacées ni de la pluie fine et coupante qui le rafalait en biais, sur le trottoir de droite du boulevard de Clichy. Pas non plus parce qu'il était pressé. Parce que c'était le rythme qui s'accordait à sa flambée de désir, dans son ventre tordu, à l'accélération de son sang jouant du tam-tam dans ses tempes, à la moiteur de ses mains au fond des poches de son trench-coat de chez Yves Saint-Laurent.

Autour de lui, malgré le temps de chien, c'était la cohue habituelle de la nuit. Touristes, truands et putes mélangés. Petits voyous blêmes descendus des banlieues pour essayer de tirer deux ou trois portefeuilles de Japonais ou un sac à main. Maquereaux de tous pays et de toutes races surveillant de loin leurs protégées. Travelos d'Amérique du Sud sapés comme des stars de ciné de l'entre-deux guerres avec des lamés scintillants à la Jean Harlow ou des mèches ondulantes à la Lauren Bacall. Immigrés enfin, de partout, noirs ou blancs, rôdant avec du « H » plein les poches et des angoisses d'expulsion dans la tête. Les caïds du Milieu à la Gabin, façon années 50, étaient loin. Recyclés dans l'hôtellerie, retirés des affaires, planqués dans des appartements lambrissés du quartier du parc Monceau qui leur refaisaient sur le tard une virginité au-dessus de tout soupçon, mangeant leurs économies confortables dans des villas de milliardaires des hauteurs de Cannes, ou encore — pour les plus malchanceux — dormant d'un dernier sommeil non désiré sous la dalle d'une tombe où les avait conduits une vieille vengeance, un vieux règlement de comptes dans une affaire oubliée depuis longtemps. De toute façon ils n'étaient plus là, remplacés par une nouvelle pègre qui ne respectait pas les règles du jeu.

Même la prostitution n'était plus ce qu'elle était. Les deux-tiers des tapineuses qui exhibaient des poitrines en train de choisir la liberté hors de corsages affolants étaient des hommes. Et ceux qui faisaient les plus grosses recettes, c'était maintenant les jeunes pédés, éphèbes en Adidas, offrant leurs bouches et leurs fesses à des messieurs beaucoup trop bien mis pour être vraiment honnêtes. Pigalle avait renouvelé de fond en comble sa population. Bandes venues des Yvelines, des Hauts-de-Seine, du Val-d'Oise. Braqueurs, rockers, Arabes et Noirs. Francs-tireurs du rackett qui d'ailleurs s'attendent, après, mutuellement, vers 5 heures du matin, pour se racketter les uns les autres et emporter un maximum de butin après cassages de gueules généralisés.

Les poings recroquevillés dans les poches de son trench, Lievin accéléra encore. Pas assez cependant pour ne pas se faire rattraper par un gamin jailli de sous les immenses ailes écarlates du Moulin-Rouge, tournoyant dans le ciel.

— Je m'appelle Ali, fit l'adolescent en galopant à sa hauteur. Je te plais ?

Lievin essaya d'accélérer un peu plus. Le gamin accéléra aussi. Ses baskets faisaient un bruit feutré sur le macadam du trottoir.

— Je te suce, si tu veux, reprit-il d'une voix même pas essoufflée. Ou tu préfères me sauter ? J'ai le cul très souple, tu sais.

Lievin se sentit gagné par des bouffées de honte. Il

n'osait même pas regarder son poursuivant. A l'oreille, à la voix, c'était un môme d'à peine douze ou treize ans.

— On fait ça dans un parking si tu es pressé. Ou dans une cabine téléphonique. Tu me donnes une cigarette, monsieur ?

Le PDG du groupe Pache et Sokal suffoquait. C'était presque devenu une course, maintenant, tellement il galopait.

L'autre ne décollait pas.

— A quoi tu joues ? glapit le jeune Maghrébin. Pour cent francs tu as mon cul. Pour deux cents, je t'amène mon petit frère... Ça te plaît pas, monsieur ?

Lievin, brusquement, stoppa. L'autre se bloqua aussi, en catastrophe, nez à nez.

— Fous le camp, fit le PDG qui avait des Croisés parmi ses ancêtres.

Ses yeux scintillaient d'une lueur dure. Le gamin se démonta.

— Fous le camp, répéta Lievin entre ses dents.

Un groupe de Noirs sur patins à roulettes les bouscula.

— T'énerve pas, monsieur, murmura le gamin. Je m'en vais.

Il recula en continuant à parler. En arabe cette fois. Il devait dire des choses pas gentilles sur la mère de Lievin, sur sa grand-mère et sur toutes les femmes de sa famille jusqu'à la cinquantième génération.

Lievin attendit que l'adolescent ait disparu, puis il reprit sa course. Cette fois il était presque arrivé. Il ralentit, essuya du revers de la main son front ruisselant de sueur autant que de pluie. Des visions dansaient dans ses prunelles. Des images de chair fraîche, de peaux bronzées et souples, des seins arrogants, de longues cuisses s'ouvrant lentement sur un sillon humide et rose.

Des choses qu'il avait refoulées pendant près de vingt ans de son existence. Lui à un bout du couloir de leur appartement, sa femme à l'autre. Chambres à part. Vies à part.

Vingt ans avant que le trop-plein n'explose. Vingt ans de désert. Vingt ans à s'occuper uniquement de sa carrière, à ne s'intéresser qu'à l'extension de l'empire Pache et Sokal sur l'industrie pétrolière.

La dernière caresse un peu spéciale de sa femme devait remonter à leur voyage de noces. Une croisière dans les Caraïbes.

Depuis, Karen avait de toute évidence complètement oublié que sa bouche pouvait servir à toute autre chose qu'à manger.

Là-bas, juste avant la place Pigalle, une enseigne lumineuse rouge aux lettres immenses dégringolant le long de la façade d'un immeuble, éteignait tous les autres néons alentour. Même celui de Conforama, qui le précédait.

Les lettres s'égrénaient, écarlates et gigantesques. On pouvait lire : « SEX-SERVICE ».

C'est vers ça que Lievin accélérait le pas, de nouveau. Comme un bateau démâté en pleine tempête vers la lueur d'un phare, à l'horizon.

CHAPITRE II

Il avait à nouveau oublié qui il était. Il s'engouffra de biais dans le hall comme s'il passait par une porte étroite. Le Sex-Service, tout récemment ouvert, boulevard de Clichy, presque à l'angle de la place Pigalle, méritait pourtant bien son nom. On n'avait pas travaillé dans le mesquin. C'était la grande surface du sexe, le self-service de tous les plaisirs, l'hypermarché des perversions les plus variées.

Pas d'aboyeur à l'entrée, comme dans les boîtes de strip-tease ou les boutiques de vidéo-porno des environs, pour draguer le touriste timide ou l'amateur hésitant. On faisait comme chez soi. On entrait ou pas et personne ne vous demandait rien puisque justement, ici, tout était « self ». On choisissait, on faisait son marché soi-même. Il n'y avait pas de caddies ni de paniers, c'était la seule différence avec les grandes surfaces d'un genre disons : plus familial. Cet anonymat absolu avait séduit Lievin, la première fois. Depuis, il y retournait au moins trois soirs par semaine. Et les autres soirs, il ne pensait qu'à ça. C'était comme si toute sa vitalité s'était rassemblée dans cette ultime, cette seule obsession.

Les oreilles maintenant violacées, il traversa le hall presque sans rien regarder. Il y avait pourtant de quoi mettre en appétit quelqu'un de moins affamé que lui. Sur les murs, s'alignaient de grandes photos éclairées par-derrière, lumineuses et précises comme des diapos. Des photos très spéciales, bien sûr, de plus en plus dénudées au fur et à mesure qu'on s'enfonçait dans l'antre du Sex-Service. Grandeur nature, elles montraient des filles renversées, pâmées, accroupies, à genoux, s'écartelant à deux mains pour offrir un passage à des mâles qui, par-dessous, par-dessus ou par-derrière, les attaquaient à l'aide d'épieux de chair à donner des complexes à l'âne le mieux membré. Ça faisait comme une sorte de danse fantastique et sulfureuse où le client mis en condition devait sentir un commencement d'embrasement irrésistible.

Sur la droite, il y avait un sex-shop classique avec ses godemichés, ses panoplies de cuir et ses piles de revues pornos. Sur la gauche, des présentoirs à cassettes « X » venues des quatre coins du monde. On en choisissait une et on allait tranquillement la visionner en cabine. Il y en avait pour tous les goûts. Avec des titres affriolants du genre : *Les culottes de Charlotte, Certaines l'aiment chaude, Prends-moi vite par où tu veux* ou encore *Partouzes spéciales pour teenagers.* C'était la catégorie qui faisait d'ailleurs actuellement les meilleures recettes : les vidéos avec pour héros ou héroïnes des adolescents. Venues de Hollande en général, ou d'Amérique du Sud. D'endroits en tout cas où les lois sont assez souples pour permettre ce qui reste encore chez nous, malgré la dégradation des mœurs, une ignominie : l'utilisation sexuelle des enfants...

La gorge sèche, Lievin ralentit. La musique dégringolait des baffles accrochés au plafond où tournaient des spots éblouissants et stroboscopiques. *I keep forgetting,* de David Bowie. Du rock qui déménage, avec guitares *stoned* et cuivres décoiffants. Une impression d'orage d'acier roulant sous les voûtes immenses du Sex-Service.

Les tympans massacrés par les décibels, Lievin s'arrêta au fond du hall. Hébété. Avec l'impression d'avancer dans une bulle de démence complète. Le regard comme hypnotisé, il se mit à marcher lentement autour d'une étrange construction. C'était comme une rotonde fermée de partout, dont les parois et les portes étaient tapissées de velours rouge feu. Une dizaine de portes, avec des petites lampes rouges au-dessus, pour signaler que la cabine, sur laquelle chaque porte ouvrait, était occupée.

Lievin se mit à saliver frénétiquement. Depuis des semaines son univers s'était complètement décentré. Maintenant, le foyer autour duquel orbitait sa vie déboussolée, c'était ça : ce peep-show. Un peep-show comme il y en avait des dizaines depuis un an ou deux, dans Paris. Lievin en avait exploré quelques-uns. Il les avait testés. Et c'était celui-là, boulevard de Clichy, qu'il avait choisi. Le meilleur dans sa catégorie. Le plus raffiné. Qui ne volait pas sa clientèle. Ce qui était rare dans ce genre d'endroits...

Des fourmis dans les mains, Lievin commença à faire les cent pas. Il était tard et on était vendredi. Le moment du plus fort « coup de feu », avec le samedi soir. Toutes les cabines avaient leur feu rouge allumé, au-dessus de la porte. Il allait devoir attendre. Sa tension artérielle franchit un degré de plus.

Tournicotant comme un fauve en cage, il se retrouva devant un grand panneau qui était garni de photos. Pas des filles de magazines à la taille mannequin. Pas des cover-girls faites au moule avec paires de seins parfaits, cuisses fuselées, ventres plats, fesses rebondies ni trop ni trop peu. Non. Pas des femmes comme la plupart des hommes n'en auront jamais dans leur lit. Au contraire. Des créatures de tous les jours. Souvent belles, d'ailleurs, mais pas sans défauts. La poitrine trop menue par exemple, ou les jambes trop minces. Ou la croupe gigantesque, les cuisses alourdies d'un soupçon de cellulite. Ou le ventre un petit peu trop bombé. Bref, des femmes comme on en rencontre dans la rue, dans le métro, dans l'escalier de son immeuble. La voisine sur laquelle on rêve. La collègue de bureau. L'inconnue à la terrasse d'un café en train de lire un magazine.

C'était ça qui attirait les clients en foule, et qui fascinait Lievin également. Les filles qui s'exhibaient au peep-show n'étaient pas toutes des déesses. Elles n'en étaient que plus proches du client, plus désirables. Elles n'en paraissaient que plus accessibles.

Sous chaque série de photos, il y avait un nom. Bidon bien sûr. Jennifer, Lolita, Sandra, Deborah... et un petit texte : « Sandra est disponible après le spectacle, en cabine particulière : 200 francs. » « Je m'ennuie, je suis triste, je m'appelle Deborah. Je t'attends pour la séance spéciale quand tu voudras : 300 francs »... le peep-show c'était ça. On pouvait se contenter de voir, bien sûr (1). On pouvait aussi toucher, après, si on voulait. Rester dans l'anonymat ou en sortir.

Jusqu'ici, Lievin avait choisi l'anonymat. C'était déjà assez fou comme ça, sa présence à cet endroit, à cette heure, dans cette espèce de marmite survoltée du sexe et du voyeurisme.

— Enfin, grogna-t-il.

Quelqu'un surgissait d'une des cabines et filait en douce sans se retourner. Honteux comme sont la plupart des types quand ils sortent d'un ciné porno pour ne retrouver une allure normale que lorsqu'ils se sont fondus dans la foule et que personne ne peut deviner d'où ils viennent.

Il y avait une bonne dizaine d'hommes entre deux âges comme lui qui poireautaient. Lievin se rua le premier, dépassa le guichet où un jeune Vietnamien tenait la caisse, un comptoir surélevé en forme de cabine de disc-jockey où on pouvait faire de la monnaie si besoin était, et coiffa au poteau ses concurrents. Ça lui réussissait, de garder la forme en faisant du golf et du tennis presque chaque week-end.

Il s'engouffra dans la cabine, attiré vertigineusement

(1) *To peep* en anglais : regarder à la dérobée, épier, guigner, jeter un coup d'œil.

par le miroir qui en garnissait la paroi faisant face à la porte comme par une bouche d'enfer.

La porte refermée au verrou, ce fut comme si se rompaient les derniers liens qui l'attachaient encore au monde extérieur. La cabine minuscule était une sorte de capsule spatiale étouffante. Assis dans un fauteuil en skaï bleu pivotant et rivé au sol, on était comme dans un vaisseau en route vers l'infini. C'était tout juste si on n'avait pas le réflexe de boucler sa ceinture de sécurité aérienne comme dans un Boeing.

Lievin se fouilla et sortit une bonne dizaine de pièces de dix francs. Pour le moment, l'espace exigu qu'il remplissait presque entièrement était bombardé par les projecteurs encastrés dans le plafond. En face de lui, une grande glace lui renvoyait sa propre image d'homme de près de cinquante ans aux rétines fixes et au front piqueté de sueur. Il se regarda un instant. Son menton tremblotait. Son menton « fin de race » selon lui-même. La marque de fabrique des Pillos-Charnay. L'indice de sa décadence et peut-être de sa chute...

Il ferma les yeux. Autant pour échapper à son reflet dans la glace que pour obtenir la vision de ce qu'il était venu chercher ici, il se précipita vers l'appareil à sous fixé devant lui, à gauche, sous la glace. L'une après l'autre, quatre pièces de dix francs dégringolèrent avec un bruit de ferraille.

Lorsque la dernière eut touché son but, les projecteurs s'éteignirent instantanément.

Et, instantanément aussi, la glace qui lui faisait face se transforma en simple vitre translucide.

Les peep-shows fonctionnent sur quelques principes simples.

L'idée d'abord que le temps c'est de l'argent et que la vie moderne ne vous autorise plus à perdre plusieurs heures à draguer dans les rues ou les boîtes pour d'hypothétiques résultats. Ni à gaspiller votre énergie dans des cinq-à-sept passionnels. Le peep-show, c'est le repos de l'homme moderne, donc pressé.

C'est aussi le refuge du timide, de l'inhibé, de celui à qui même les prostituées font un peu peur. C'est l'exutoire de l'avare également, ou tout simplement des innombrables victimes de la crise économique, du fisc, des taxes multiples de plus en plus écrasantes, du chômage.

C'est enfin le rêve réalisé du voyeur, de celui qui aime voir sans être vu, contempler en se cachant, rêver et jouir sans participer.

Bref, le peep-show, c'est une sorte de nouvel art d'aimer. A la portée de toutes les bourses, comme il se doit en des temps vraiment démocratiques...

Robert Lievin avait découvert l'existence de ces spectacles très particuliers un soir du printemps dernier, à New York, où il était venu prendre contact avec les dirigeants d'une entreprise de dessin assisté par ordinateur permettant de tester le fonctionnement de certains équipements techniques. L'un des actionnaires de l'entreprise l'avait entraîné dans les bas-fonds des quartiers chauds de la ville, histoire de fêter le contrat qu'ils venaient de signer. Bars *topless*, boîtes de strip-tease, et enfin peep-show... Pour ne pas vexer son hôte, Lievin avait consenti à se glisser dans une des cabines.

Il était ressorti sonné, groggy, les jambes flageolantes. Le cerveau vidé, sucé jusqu'à la moelle. Avec, en plus, des efforts énormes à faire pour ne pas trop laisser voir son émotion à l'Américain. Une émotion de puceau qui vient de se payer sa première prostituée.

Depuis son retour à Paris il inventait des alibis de plus en plus invraisemblables pour avoir ses soirées libres et renouveler son émotion.

Baignant dans une obscurité totale, invisible pour celle qui venait de jaillir de l'autre côté de la vitre, Robert Lievin se sentit immédiatement au bord de l'explosion.

Comme tout peep-show qui se respecte, celui-ci se

composait d'une rotonde d'environ dix ou quinze mètres de diamètre. En cercle autour du plateau qui tournait lentement dans le sens des aiguilles d'une montre, dix portes et dix cabines équipées de miroirs sans tain donnant sur la piste.

Ça faisait que, de la cabine où Lievin se trouvait, comme des autres cabines, on apercevait non seulement la piste, mais aussi les parois vitrées des cabines qui faisaient face. Mais du côté où on les voyait, elles jouaient leur office de miroirs. Donc elles répercutaient à l'infini la silhouette qui se déhanchait et dansait sur le plateau tournant.

Lievin se mit à haleter. Surgie d'un étroit couloir invisible, la fille était grande et blonde avec un visage un peu inexpressif. Une Nordique sûrement. Sur le plateau moquetté de mauve, elle commença à osciller sur elle-même en se débarrassant de son boa en plumes artificielles. Sa peau était fabuleusement blanche et ce qui fascinait Lievin, c'était, lorsqu'elle se retournait, lui présentant ses fesses monumentales, des traces rouges sur les deux parties de sa croupe : d'évidentes marques de doigts masculins qui avaient dû tout récemment crocher dans sa chair en la possédant par-derrière.

Lievin haletait de plus en plus fort. Nageant au fond de l'abjection la plus sordide. Tout était irréel et fou dans cet endroit. La musique — un rock des sixties de Jessie Garon, nerveux et saccadé — parvenait maintenant étouffée, comme du fond d'un semi-coma.

Dans la cabine, ça sentait des odeurs douteuses de mâle en rut. Sueurs collées à des maillots de corps assez rarement lavés, mélangées à des parfums de Prisunic. Pieds ayant mariné longtemps dans des chaussures au cuir fatigué. Et quelque chose de plus encore, quelque chose de pire, de plus sauvage. D'animal...

Un remugle de désir, puissant et âcre. Des senteurs de fièvre malsaine et bestiale qui avaient laissé leurs traces indiscrètes ici ou là, par terre, sous forme de souillures qui avaient peu à peu séché. La vitre aussi, la glace sans tain, était maculée de traces innommables. Empreintes de mains qui s'étaient collées comme pour atteindre une impossible proie. Haleines lourdes qui avaient embué et rendu opaque par endroits la surface translucide... Les prédécesseurs de Lievin ne s'étaient pas montrés discrets...

Fébrilement, il fit descendre la fermeture à glissière de son pantalon et se battit quelques instants pour se libérer, luttant contre sa propre érection maintenant complète. La fille blonde tourbillonnait, lançant la jambe droite en l'air, puis la gauche, la dressant à quatre-vingt-dix degrés, s'ouvrant à l'équerre et lui laissant voir deux longues lèvres roses, brillantes, sous les boucles presque transparentes de son pubis de Nordique intégrale. Puis elle tournoyait encore, se penchait, et c'était ses fesses qu'elle ouvrait, géantes, fabuleusement bombées et écartées à deux mains sur les muqueuses délicates ourlées d'un fouillis de poils d'or. Elle se redressait, se renversait avec des soubresauts du ventre mimant à la perfection la jouissance amoureuse. Elle saisissait ses seins à pleines mains et les pétrissait, les comprimait entre ses avant-bras, les faisait saillir encore plus spectaculairement.

Lievin, dans son habitacle étouffant, se dévissait la tête pour la suivre le plus longtemps possible, tandis qu'elle tournait sur le plateau en mouvement pour offrir les caractéristiques les plus intimes de son anatomie à d'autres voyeurs, dans d'autres cabines. Il se mit à précipiter le mouvement de sa main droite, autour de sa virilité, se secouant frénétiquement comme s'il voulait s'arracher lui-même cet épieu de chair qui le torturait.

— Plus vite, gémit-il. Plus écartées ! Les cuisses !

La fille illuminée, à dix centimètres de lui, séparée par la vitre épaisse, ne l'entendait pas. Elle revint lentement vers lui, au rythme du plateau tournant. Elle était recroquevillée sur elle-même, maintenant, coudes peu à peu ramenés sur les genoux, dos lentement ployé, ce qui avait pour effet de surélever d'autant ses fesses et de les offrir progressivement au regard de Lievin, comme si elle avait tout de même deviné sa prière. Les yeux prêts à tomber des orbites, il la vit ramener ses mains en arrière au moment où le plateau la rapprochait de son regard, et écarter des doigts les rondeurs de sa croupe, exhibant juste sous son nez la touffeur moite de son buisson pubien sillonné par les bourrelets délicats et roses de ses lèvres de femme. Elle eut une secousse. Sa croupe s'écrasa contre la vitre, devant lui, comme si elle avait tenté de faire adhérer à la paroi transparente son sexe gonflé et palpitant comme une ventouse vivante.

— Non ! hurla Lievin.

La lumière était brusquement revenue dans sa cabine et, du coup, la vitre était redevenue une glace qui lui renvoyait, comme n'importe quel miroir vulgaire, sa propre image atrocement frustrée. Miracle de ces glaces qu'on appelle improprement « sans tain » puisque le tain (un amalgame d'étain qui servait jadis à l'étamage des glaces et qu'on appliquait pour qu'elles puissent réfléchir la lumière) n'est quasiment plus employé : on lui préfère aujourd'hui une solution de nitrate d'argent contenant de l'acide tartrique, du glucose, et des tas d'autres choses encore plus compliquées. Ça n'empêche pas que les glaces sans tain resteront des glaces sans tain pour l'éternité, vu que le mot est devenu magique, si on pense à tout ce qui peut se passer, tout ce qu'on peut voir et surprendre grâce à une glace sans tain...

Il enfourna précipitamment de nouvelles pièces de dix francs et la lumière s'éteignit à nouveau dans la cabine, révélant une seconde fois la minuscule arène du peep-show.

La blonde avait disparu. Une autre avait pris le relais. Une longue Noire musculeuse et mince aux lèvres très rouges, à la bouche épaisse, puissamment sensuelle. Elle se mit elle aussi à danser, sa cabrant, se retournant, creusant les reins et faisant saillir une croupe d'ébène qui valsait à droite et à gauche avec des allures de vaisseau dans la tempête. Brusquement, ses mains glissèrent le long d'elle, et ses doigts effilés gagnèrent la brousse d'astrakan qui dessinait un triangle ténébreux entre ses cuisses. Celles-ci s'ouvrirent et les doigts minces de la Noire s'introduisirent dans le fruit rose et fendu de ses muqueuses secrètes.

Longuement, patiemment, Lievin se massa, essayant de retrouver l'excitation au bord de laquelle il s'était trouvé, tout à l'heure, avec la blonde. Mais il n'y parvenait pas. Son érection était aussi interminable que sans conclusion. Comme si souvent, depuis les premières fois où il avait fait l'amour. Lievin faisait partie de cette catégorie d'hommes qui ne perdent pas facilement leurs moyens, qui font longuement, très longuement l'amour, et ne finissent par jouir qu'après avoir littéralement crevé sous eux leur partenaire. En bref, Lievin ne faisait pas partie de cette catégorie de mâles — qu'on dit majoritaires, et, bien entendu, horriblement angoissés et complexés — connus sous le nom d' « éjaculateurs précoces ». C'était même le contraire. Une aubaine pour les femmes, aurait-on pu penser. Seulement il y a des atouts, parfois, qui, poussés à bout, se retournent contre vous. Ça avait été le cas entre Karen et lui. Au début, la jeune femme bénissait le ciel de lui avoir envoyé un époux qui la faisait grimper aux rideaux pendant une heure sans la moindre défaillance. Et puis, petit à petit, l'usure du temps aidant, le plaisir de la découverte s'étant affaibli, elle avait fini par s'énerver puis s'exaspérer de cette maîtrise de soi poussée à son paroxysme qui lui était apparue en fin de compte comme une forme, rare mais particulièrement perverse, d'impuissance... Après tout, si Lievin ne perdait pas ses moyens avec elle, c'est qu'il faisait ça mécaniquement, sans chaleur, sans âme, avait-elle pensé. Comme un robot. C'était donc qu'elle ne lui plaisait pas.

Et elle s'était mise à rêver tout doucement à des amants éperdus, affolés, se retrouvant tout bêtes au bout de cinq minutes d'étreinte, et s'excusant avec un rire idiot de leur défaillance prématurée. C'était ce genre de rêves, joints à bien d'autres choses, qui avait creusé peu à peu entre eux un fossé infranchissable. Le pire des abîmes. Le conjugal. Celui où meurent les passions les plus violentes. Et que tant de couples connaissent. Ce silence patiemment construit des hommes et des femmes qui, les premières fièvres de la découverte mutuelle passées, n'osent plus rien s'avouer, et surtout pas leurs fantasmes et leurs frustrations.

La Noire chaloupait, se mouvant sur un fond de musique reggae qui lui allait parfaitement au teint. Se baissant, se redressant avec des ruades brusques qui faisaient saillir ses fesses magnifiques. Se mordant voluptueusement une épaule puis l'autre. Se caressant en regardant chaque glace de chaque cabine, de façon à donner l'impression à chacun des voyeurs qu'elle faisait ça rien que pour lui. Du boulot impeccable.

Mais Lievin avait beau s'agiter frénétiquement sur son siège, se secouer longitudinalement comme un perdu, rien n'y faisait. Il n'arrivait pas à se libérer de la brûlure volcanique qui le possédait jusqu'au fond des reins. Le supplice de l'éjaculateur « tardif » est peut-être pire encore, en un sens, que celui du « précoce »...

La lumière se ralluma dans la cabine, se rééteignit grâce à de nouvelles pièces de dix francs, se ralluma encore, se rééteignit.

Il avait perdu toute notion du temps. Les filles se succédaient à un rythme infernal. Toutes les cinq minutes à peu près. Une blonde très mince en guêpière, talons aiguille et bas résille tendus par des jarretières noires. Une autre, rousse, avec un chignon et des tas de bijoux en toc un peu partout. Une troisième aux seins minuscules et aux hanches étonnamment larges qui, accroupie, cuisses écartées, se caressa, elle, pour de vrai, l'index et le majeur de la main droite joints à l'intersection de son ventre, remuant de plus en plus vite dans sa toison fendue luisante d'humidité.

D'autres encore, tournoyantes, disparaissant, réapparaissant dans l'espèce d'aquarium éclaboussé de lumière du peep-show. Lievin avait l'impression d'être dévoré par la fièvre. Sa cabine baignait dans une atmosphère lourde, chaude, comme orageuse.

Quand il se libéra enfin, giclant à longs jets, ce fut comme si un barrage se rompait et comme si tout son être s'évacuait de lui en même temps. Les yeux vitreux, comme drogué, il emporta dans ses rétines l'image d'une nouvelle danseuse qui venait de jaillir sur la piste, une brune très jeune qui secouait en cadence sa croupe de jument à la chair laiteuse. Il eut l'impression qu'un feu d'artifice ténébreux explosait dans son crâne. Il se laissa aller à la renverse dans le fauteuil, terrassé par le sommeil.

*
* *

Il réémergea en sursaut et pensa qu'il avait dû dormir quelques instants. Des notions de dignité humaine, de raison, recommençaient à l'envahir. Toute la panoplie de ce qui faisait qu'il était lui, Robert Lievin, patron d'un des plus gros groupes de France, expert en profit capitaliste et meneur d'hommes infaillible. Tout ce qu'il avait oublié depuis le début de la soirée.

Il se secoua, frissonna, s'aperçut qu'il avait froid. Alors il ouvrit les paupières et se rendit compte que la cabine était complètement plongée dans le noir. Cela ne fit que renforcer sa conviction : il avait somnolé quelques secondes seulement. Une simple défaillance.

Il se bloqua. De l'autre côté de la vitre, sur la minuscule piste ronde moquettée de mauve et inondée de lumière, le spectacle continuait.

Pas tout à fait comme d'habitude.

Lievin écarquilla les yeux.

Il y avait quelque chose qui clochait.

Ce n'était pas exactement le show normal, avec ses audaces érotiques sans risques sur fond de musique de Prisu. Pas tout à fait la parade sexuelle aseptisée habituelle.

Retenant son souffle, dans le noir profond de la cabine, Lievin rentra la tête dans les épaules.

Une fille venait de se précipiter sur le plateau tournant. A la manière dont elle avait atterri sur la moquette, on aurait plutôt pensé qu'elle y avait été jetée. Lentement, elle essaya de se relever. Lievin s'aperçut alors que les larmes brillaient le long de ses joues, entraînant en minuscules rigoles son maquillage. Elle se mordait les lèvres, aussi. Ce qui avait pour effet de faire déborder largement le rouge qui maquillait sa bouche. Ses yeux vert mousse, troubles comme deux minuscules étangs marécageux se relevèrent lentement, tandis qu'elle secouait ses boucles châtain, comme pour se dégager d'une vision d'horreur, d'une obsession tenace.

Elle se remit debout, trébuchant un peu.

Le visage de la *show-girl* fut bientôt en face de la glace sans tain derrière laquelle Lievin était tétanisé, les yeux fixes.

Béant, soufflé, il scruta la fille. Une bouffée de stupéfaction l'envahit. Il la regarda de nouveau. Aucun doute !

Il la connaissait !

Il n'eut pas le temps d'en penser plus long. Tout se précipitait. Sur la minuscule scène, un inconnu venait de surgir. Tout à fait adapté à l'espèce de bocal transparent du théâtre en réduction que constituait la piste du peep-show.

Un nain.

Un gnome. Une espèce de moitié d'homme à la tête énorme et rasée, brillante comme un caillou. Avec des mains également larges et puissantes. Le reste de son corps était fait comme d'un assemblage de nœuds maladroits et difformes. Sur ses petites jambes en arceaux, il avançait avec un curieuse démarche chaloupée.

La fille se releva précipitamment en le voyant approcher. Lievin avait de plus en plus de mal à penser que cette scène faisait partie du programme normal d'un peep-show du boulevard de Clichy. Surtout quand on voyait le regard de terreur de la fille à l'approche du gnome.

L'autre la rejoignit, oscillant sur ses courtes jambes. Un sourire bestial déforma sa face qu'un spécialiste aurait définie comme affligée d'un prognathisme typique, c'est-à-dire que la ligne de son profil, du front à la partie la plus saillante des maxillaires, formait un angle aigu par rapport au plan horizontal du crâne. En termes plus concrets, il avait une sorte de muffle brutalement projeté en avant, un peu comme certains hommes préhistoriques reconstitués.

Au bord de la syncope, Lievin ne pensait même pas à s'étonner de ne pas avoir à remettre, comme d'habitude, des pièces de dix francs dans la machine à sous de sa cabine. Le spectacle était non-stop et il ne songeait pas à trouver ça bizarre.

La fille roula sur elle-même, échappant aux petits bras simiesques du minuscule monstre. Elle était d'une souplesse étonnante, les jarrets musclés, le bassin élastique, les jambes et les bras mûs comme par des ressorts à chaque fois qu'elle bondissait pour se retrouver à l'autre bout de la piste. Ça faisait une étrange chorégraphie muette, à la fois sauvage et remplie d'une grâce barbare et inquiétante.

La Belle et la Bête...

La corrida du peep-show...

Au fond, c'était peut-être compris dans le programme des organisateurs du Sex-Service du boulevard de Clichy. Comme le clou du spectacle. Pour récompenser les couche-tard, leur en donner plus. Appâter ceux qui appréciaient les choses vraiment corsées, spéciales... Lievin regarda sa montre : trois heures du matin.

Il n'eut pas le temps de se dire qu'il avait dormi beaucoup plus longtemps qu'il ne l'avait pensé. Le gnome, sur la piste, venait enfin de se précipiter sur la fille. Celle-ci essayait de se débattre. Elle devait crier, mais on n'entendait rien, vu que la glace sans tain était faite d'une épaisse dalle de verre qui étouffait les bruits. Malgré sa petite taille, le nain était visiblement d'une force prodigieuse. Elle avait beau gigoter, il la tenait par les poignets, la bloquant des mains comme dans deux étaux.

Il la projeta de nouveau à terre dans un mouvement tournant qui la fit rouler sur le ventre. En un éclair il défit son pantalon. Son masque de gargouille du Néolithique grimaçait. Sidéré, Lievin vit apparaître un sexe incroyable, monstrueux pour la taille du gnome, totalement disproportionné. Très vite, il fut entre ses jambes, s'agenouilla, son membre battant contre les fesses musclées de la fille. Il l'ouvrit et, sans aucun ménagement, il la pénétra.

Tandis qu'il la labourait par-derrière, Lievin le vit sortir de la poche de son pantalon un couteau dont la lame se mit à jeter des éclairs multiples comme si elle avait concentré tous les reflets des spots qui aspergeaient de lumière le plateau.

Et puis, consciencieusement, sans cesser de la tamponner, frappant de tout son corps contre ses fesses, glissant puis ressortant d'elle l'énorme tête noueuse de son sexe, il se mit à lui strier le dos du bout de la lame de son poignard.

Etrangement, il maniait son arme comme un fouet, effleurant la chair de sa victime avec une adresse stupéfiante, la marquant à chaque fois d'une longue blessure rouge qui se mettait à saigner. Il ne voulait pas frapper profond, c'était visible. Lui laisser un souvenir, plutôt. Cuisant mais superficiel. A chaque fois, la fille avait un soubresaut de grenouille clouée sur une planche d'expérimentation. Mais ses élans étaient coupés par les coups de boutoir du nain, qui la clouait au sol, ruant en elle comme un étalon sauvage dans la croupe de sa jument.

Enfin, le gnome eut un soubresaut plus violent trembla jusqu'à la nuque, et se déversa en elle.

Lorsqu'il se releva, la fille ne bougea pas. Elle aurait eut l'air évanouie si Lievin n'avait pas vu son visage, justement tourné vers la fausse glace de sa cabine, opaque du côté de la fille mais parfaitement transparente du sien.

Elle avait les yeux ouverts et elle sanglotait.

Sur son dos, ses lacérations dégoulinaient de sang. Des petites gouttes que buvait avidemment la moquette mauve.

Le nain la regardait, essuyant la lame de son couteau à son pantalon. Un jean sur mesure qui aurait été trop court pour un enfant de sept ans.

Lievin avala sa salive.

Il se sentait comme ivre et flippé en même temps. Moulu, pâteux, courbattu. Le cerveau déserté de toute pensée.

Précipitamment il se leva, ouvrit la porte de sa cabine et détala à travers le hall du Sex-Service.

La grande salle était noire, glacée et déserte. Avec cette odeur de tabac refroidi et de mâles en rut qui pesait comme un brouillard.

Haletant, il atteignit le porche. Par miracle, le rideau de fer n'avait pas été complètement fermé.

Il se glissa dans l'étroite ouverture. Le macadam du boulevard de Clichy résonna sous ses pieds, rassurant, familier. Il traversa sans regarder et une R 16 bourrée de filles et de garçons d'une vingtaine d'années freina pile.

— T'es pas net, pépère ? hurla le conducteur.

Lievin ne se retourna pas. Il continuait à cavaler. A trois heures du matin, Pigalle était désert. Trois travelos en fourreaux pailletés et perruques platinées le virent passer sans s'étonner. Ils en avaient vu d'autres. Comme le Noir qui dansait à la hauteur du *Moulin Rouge,* un transistor à cassettes collé contre son oreille et hurlant une salsa torride accompagnant merveilleusement son voyage nocturne et solitaire au bout de la défonce et de la coke.

Lievin courait toujours. Il fallait qu'il retrouve sa voiture. Qu'il remette ses idées en place. Qu'il parvienne à comprendre.

Il le savait, avec l'espèce de folie sexuelle secrète qui le possédait depuis quelques semaines, il était passé de l'autre côté de la barrière. De l'autre côté du mur de la réalité.

Là où on s'avoue à soi-même ses obsessions, et où on les réalise. Coûte que coûte.

N'empêche qu'il n'était pas fou. Pas du tout.

Et qu'il avait parfaitement reconnu tout à l'heure la fille nue qui se donnait en spectacle avec le nain dans le peep-show. En spectacle SM, c'est-à-dire sado-maso. Ou *slave-master* (maître-esclave) pour les anglophones.

Il l'avait reconnue et c'était tout simplement ahurissant, soufflant, sidérant.

Cécile Aumont !

Cécile Aumont, danseuse, professeur de danse, chorégraphe...

Et amie intime de Karen Lievin, sa femme, qui l'avait connue en s'inscrivant justement à son cours, rue Saint-Séverin, dans les studios que Cécile louait pour son enseignement.

A une certaine époque de leur lent drame conjugal, Karen Lievin avait pensé qu'une dépense corporelle, physique, résoudrait peut-être les problèmes qui commençaient à l'envahir. C'est ainsi qu'elle s'était inscrite au cours de Cécile. Et que les deux femmes étaient devenues amies.

Cécile Aumont ! Lievin n'en finissait pas de ruminer sa surprise, son ahurissement.

Cécile ! Cécile Aumont se donnant en spectacle sur cette scène sordide, se laissant posséder par ce nain hideux, et lacérer, blesser !

Il ne parvenait pas à faire coïncider ces deux images. Cécile la danseuse, la chorégraphe. Et Cécile l'exhibitionniste maso se livrant à cette comédie cruelle. C'était impensable.

Ou alors... ?

Décidément, on ne connaissait jamais complètement tout des êtres, il était bien placé pour le savoir. Il restait toujours une part d'ombre, de secrets terrifiants.

CHAPITRE III

Le PDG du groupe Pache et Sokal pilota longtemps à travers un *Paris by night* désert son Alfa 90 gris métallisé. Une pluie fine et froide flagellait le pare-brise, tranchée régulièrement par les essuie-glaces. Rive droite, rive gauche, grands boulevards, bois de Vincennes, voies sur berge... Il ne roulait pas pour réfléchir. Il était au-delà de toute réflexion. L'univers lui apparaissait sous un jour inimaginable, impensable. Insoupçonnable par lui, en tout cas. Lui qui n'avait connu dans sa vie — hormis son désastre conjugal — que des problèmes de plates-formes de forage en mer du Nord, de marchés boursiers, d'échéances et d'opérations de *logging*, le monde se révélait maintenant comme une jungle inouïe, un carnaval incroyable. Sous les masques de la respectabilité, du travail, du devoir, il y avait le sexe, les obsessions secrètes, les manies perverses, les détraquements des sens et du corps. L'autre face de l'humanité. Sa face sombre, cachée. Comme c'était le cas pour Cécile Aumont, la chorégraphe ultra-professionnelle devenue amie de sa femme et qu'ils avaient reçue deux ou trois fois à dîner, chez eux.

Cécile qui se livrait à des jeux incroyables, des exhibitions dégradantes avec un gnome à peine humain.

Mais lui-même, Robert Lievin, qu'était-il d'autre qu'un de ces êtres à double visage, depuis qu'il avait découvert cette réalité du plaisir et du désir qu'il avait si longtemps ignorée ?

Il freina sec et arrêta l'Alfa Romeo le long d'un trottoir. Un début d'aube blafarde salissait le ciel, à ras des toits, entre les marronniers déplumés.

Il passa une main tremblante de fatigue sur sa mâchoire où la barbe repoussait puis regarda l'endroit où il venait de se garer. La rue des Fossés-Saint-Marcel. Il ferma les yeux. Tout de suite, l'image de la croupe de Cécile Aumont chevauchée par le gnome réapparut. Cécile lacérée, possédée, zébrée de coups de lame, consentante, offerte. Humiliée. Sanglotante. Exhibée. Ouverte.

Ce fut comme un coup de fouet.

Alors il réalisa que la rue des Fossés-Saint-Marcel était justement celle où habitait la chorégraphe. Il l'avait raccompagnée un soir où elle était venue dîner chez eux, rue Barbey-de-Jouy.

Il avait agi comme un automate. Comme un robot programmé. Sans que sa conscience y soit pour rien, ou presque, il s'était arrêté devant le domicile de celle qu'il avait vue nue, une heure auparavant.

Il ne réfléchit pas davantage en sortant de l'Alfa Romeo et en se dirigeant vers le porche de l'immeuble. Tout se passait comme si une force plus puissante que lui le commandait. Aucune objection rationnelle n'aurait d'ailleurs eu de prise sur lui. Les secrets de l'univers venaient de se révéler à son esprit. La vérité du monde. Sa face dissimulée aux naïfs de son espèce. Drôle de réveil ! Drôle de révélation ! Celle du rut général, du désir tous azimuts, du cyclone du plaisir... Les femmes étaient faites pour *ça.* Les hommes aussi. Tous et toutes. Et il n'avait rien compris à rien pendant quarante-huit ans.

Il ne songea pas un instant que Cécile pouvait ne pas être encore rentrée. Ou qu'elle pouvait être rentrée, mais pas seule. Ou qu'elle avait été vraiment blessée, là-bas, sur la piste du peep-show. Ou qu'elle courait un danger, un vrai danger. Que tout ça n'était pas de la comédie. Ou qu'elle allait être abasourdie, furieuse, de le découvrir sur son palier, à 5 heures du matin. Ou...

Non, il ne songeait à rien. Un autre Lievin l'habitait. Un Lievin « parallèle » qui se substituait à lui et le dirigeait.

Les jambes molles, il parvint sans trop savoir comment au quatrième étage. Dans la débâcle de son esprit, sa mémoire phénoménale, proverbiale dans tout le groupe Pache et Sokal, lui avait servi tout chaud le détail indispensable : l'étage auquel habitait la jeune chorégraphe. Cécile occupait trois pièces au quatrième et une partie du cinquième, c'est-à-dire le grenier mansardé qu'elle avait aménagé en studio pour s'entraîner chaque matin à la barre.

Il haletait. En même temps, le calme qui l'habitait l'étonnait lui-même. Devant les deux battants de chêne ciré de la porte, il hésita un instant, cherchant la sonnette. Mais l'un des battants lui apparut légèrement entrouvert. Il le poussa sans s'étonner.

Toujours impassible, il avança dans les ténèbres de l'appartement, butant de temps en temps contre un meuble invisible dans l'ombre. A un moment il renversa quelque chose qui se mit à tinter : le téléphone. Il replaça le combiné sur sa fourche et recommença à progresser à tâtons.

Un peu plus loin, il percuta un autre objet qui chavira et se brisa en mille morceaux. Un vase probablement. Il continua à avancer.

Ni le silence, ni la porte d'entrée bizarrement entrouverte, ni l'absence de réaction de la propriétaire des lieux au vacarme du bibelot brisé n'étonnaient Robert Lievin. Dans son cerveau déréglé, la case « questions » ne s'ouvrait plus.

Au parfum plus lourd et plus capiteux, il reconnut enfin la chambre. Il n'eut que quelques pas à faire. Il buta contre le lit.

Il se laissa tomber au milieu des draps et reconnut

avec un grognement de satisfaction le contact d'une forme féminine. Un corps endormi dont il effleura la peau nue des deux paumes.

— C'est bien d'être là, haleta-t-il doucement. On va s'amuser tous les deux, tu vas voir !

Il attira la fille endormie contre lui, la prenant sous la taille pour la coller à lui, croupe contre son propre ventre.

— Tu vas aimer, tu vas aimer, siffla-t-il fiévreusement.

Il releva la tête, visité par l'irréalité de la scène. Sa démence complète. Lui qui n'avait jamais touché Cécile Aumont auparavant, que pour lui faire le baise-main... Qui n'avait jamais eu avec elle le moindre geste, la moindre parole équivoque... Mais ce ne fut qu'un instant de lucidité, comme il en avait à intervalles réguliers. Tout de suite après, il replongea.

Comme une poupée molle et docile, Cécile Aumont se laissa disposer comme il voulait, à plat ventre en travers du lit, cuisses largement écartées, fesses présentées généreusement. Elle devait aimer ça, cette idée de se faire prendre en feignant de dormir, de se laisser faire, posséder sans réactions.

— Je vais te défoncer, chuchota-t-il, hors de lui. Tu vas voir. Je vais te faire...

Il lâcha une bordée d'obscénités dont il ne se serait jamais soupçonné capable. Un léger gémissement, étouffé par les oreillers, lui répondit. Les nerfs en feu, il passa la main sous son ventre et la fouilla frénétiquement.

— Salope, lâcha-t-il stupéfait. Tu es déjà complètement mouillée. Tu t'es excitée toute seule, hein ? Tu m'attendais ?

Il retira sa main et la replaça sur la croupe de la fille, à plat. Son autre main prit appui sur les draps pour lui permettre de se redresser et de la pénétrer.

Il se bloqua, imperceptiblement étonné. Quelque chose ne collait plus. Sa main qui s'appuyait sur les draps était trempée. Il la déplaça, tâtant le lit à petits coups. Une flaque lourde, épaisse, baignait le corps de Cécile.

— Nom de Dieu ! grogna-t-il.

Ça n'allait plus. Plus du tout. Il s'arracha au lit et chercha, bras en avant, l'interrupteur.

Il lui semblait qu'il était en train de comprendre quelque chose lorsqu'il y eut comme une éruption volcanique dans son crâne. Bien avant la douleur, l'impact de la matraque lui fit dans les neurones comme un phénomène sismique éphémère autant que spectaculaire.

Puis sa conscience explosa en confettis minuscules qui allaient s'éparpillant et diminuant au fond des ténèbres.

Il se replia et tomba vers le sol lentement, se balançant avec une grâce de feuille morte.

— Tu y serais allé fort que ça ne m'étonnerait pas de toi, fit une voix méridionale au-dessus de Lievin.

— Chef, glapit une voix plus aiguë qui avait tous les accents de l'indignation, je vous jure que j'y suis allé mollo.

— Bébé, grogna à nouveau la voix méridionale, quand tu y vas mollo, ça repeuple les cimetières, je te connais.

— Antoine, protesta encore l'autre...

— Pas de nom, crétin, le coupa son vis-à-vis.

L'autre hoqueta de rire :

— Si vous croyez qu'il va se réveiller...

— On file, décida la voix du Midi.

Plus loin, près de la porte, elle prononça encore :

— Je crois que notre amie Cécile en a pour son argent. Ça va la faire réfléchir, non ?

Un gloussement aigu lui répondit.

Robert Lievin avait les circonvolutions de cerveau qui battaient la chamade. Dans son crâne, plusieurs clochers sonnaient le tocsin. Une violente envie de dormir pesait sur lui.

Il s'y abandonna. Et se réévanouit.

*
* *

Il n'émergea que deux heures plus tard. Avec le sentiment que sa tête était passée dans une moissonneuse-batteuse. Ou qu'on l'avait trépané sans anesthésie. Les coups de matraque sur la nuque dont on se relève frais comme une rose, c'est bon pour le cinéma. Pas dans la vie.

Grimaçant de douleur, il se releva. Au jour qui filtrait sous les rideaux, il devait être à peu près sept heures.

Il vira sur lui-même, se demandant ce qu'il faisait dans cette chambre inconnue. Auprès de cette fille déshabillée, couchée sur le ventre, les jambes écartées. Et sanglante.

Sanglante !

La réalité lui fit dans les yeux un bond de panthère qui vous saisit à la gorge.

Ensanglantée ! Baignant dans son sang !

Il se regarda, affolé. Lui aussi avait du rouge gluant qui maculait ses mains, son trench coat, le devant de sa chemise et son pantalon à moitié déboutonné.

Une espèce de sanglot d'entrailles lui remonta au gosier. Une nausée irrésistible. Il se dit qu'il allait vomir. Il parvint à se contenir.

Peu à peu, des questions lui remontaient, de celles qu'on préférerait ne jamais avoir eu en tête. Pourquoi ? Pourquoi cet enchaînement d'événements absurdes, horribles ? Pourquoi sa présence ici ? Pourquoi lui ? Pourquoi ce coup sur sa nuque qui l'avait terrassé ? Pourquoi cette fille dont le nom lui revint brutalement ?

Cécile Aumont. Morte sur le lit. Gisant dans son sang.

Un frisson le glaça. Les réponses, s'il les trouvait jamais, ce serait de toute façon loin d'ici. Le plus loin possible.

L'instant d'après, il dévalait l'escalier avec une seule envie, un seul rêve : être né amnésique.

*
* *

Sous le drap de soie bleue de son lit, Robert Lievin claquait des dents comme s'il avait été couché sur une banquise. De la rue des Fossés-Saint-Marcel, le domicile de Cécile Aumont, à son appartement de la rue Barbey-de-Jouy, un hélicoptère n'aurait pas mis plus de temps que lui dans son Alfa Romeo. Surtout qu'il avait systématiquement grillé tous les feux rouges, déclenchant des infarctus en chaîne chez les conducteurs matinaux qui se rendaient à leur travail ou revenaient de nuits agitées. L'appartement des Lievin avait deux entrées. Il s'était faufilé par la porte de service qui donnait dans la cuisine, avait gagné son cabinet de toilette personnel, s'y était complètement dévêtu et, en pyjama, son pardessus en poil de chameau sur les épaules, était redescendu dans la grande cour de l'ancien hôtel particulier où, comme les autres propriétaires, Lievin garait habituellement sa voiture. Il avait jeté le paquet de vêtements sanglants dans le coffre de l'Alfa Romeo et était remonté précipitamment, en essayant de faire le moins de bruit possible.

Heureusement qu'ils faisaient chambre à part, Karen et lui. Et que les appartements de son épouse étaient séparés par trente mètres de couloir...

Il se recroquevilla en grelottant dans son lit. Demain, il trouverait bien le moyen de faire disparaître ses vêtements ensanglantés.

Il fut tiré du sommeil en sursaut, avec l'impression de n'avoir dormi qu'une demi-heure. En réalité, son réveil-radio, à son chevet, affichait 9 h 30.

Karen était devant lui, au pied du lit.

— J'étais inquiète, fit-elle en souriant. Ce n'est pas ton genre, de faire la grasse matinée.

Elle avait déposé un plateau sur la table de chevet en marqueterie. Thé, croissants aux amandes, marmelade d'orange.

— Tu es malade ? questionna-t-elle doucement.

Lievin braqua sur elle des yeux vitreux.

— Je crois... oui... fit-il d'une voix caverneuse.

Elle était là, debout, nette et fraîche comme d'habitude. Jolie à trente-huit ans comme elle l'était à vingt-cinq, quand ils s'étaient aimés. Blonde toujours, avec des reflets roux, ses longs cheveux tirés en chignon strict. Et parfaitement élégante, à 9 heures du matin, dans son tailleur Chanel gris. Une vague de nostalgie envahit Lievin. Une immense lassitude aussi. Pourquoi n'étaient-ils pas parvenus à empêcher leur amour de mourir ?

— Je suis déjà sortie, fit-elle d'une voix légère. Pour t'acheter des croissants. Pas chez n'importe qui, bien sûr...

Elle nomma un célèbre pâtissier de Saint-Germain-des-Prés.

— A pied ? fit Lievin d'une voix blanche.

— Bien sûr que non. En voiture. Dans l'Austin.

Il se laissa retomber sur l'oreiller, soulagé.

— Je crois que ça va aller, fit-il. Je vais me lever.

Resté seul, il se précipita sur son réveil-radio et chercha longuement une station donnant des informations. Mais il dut attendre 10 heures. Il était déjà lavé, rasé et habillé lorsque, entre deux pubs pour des déodorants ou des lessives avec adoucissants-miracle, il entendit l'annonce de la mort d'une chorégraphe de vingt-neuf ans, Cécile Aumont, trouvée chez elle dans des circonstances sur lesquelles la police était en train de s'interroger activement. C'était la femme de ménage qui, à 8 heures, avait découvert le cadavre.

Une heure après la fuite de Lievin.

Il regarda ses mains. Elles tremblaient. Comme saisies de la maladie de Parkinson.

Il était complètement réveillé maintenant, et sa vie lui apparaissait comme un désastre absolu.

Sans compter toutes les questions qui lui revenaient

maintenant l'une après l'autre. Et d'abord la pire, la plus terrible : quelle était sa part, si minime fût-elle, dans la mort de cette fille auprès de qui il s'était réveillé après avoir été assommé par des inconnus ?

CHAPITRE IV

L'inspecteur divisionnaire Boris Corentin ne paraissait pas à prendre avec des pincettes, ce matin, mais ce n'était visiblement pas ce qui aurait pu décourager celle qui était assise en face de lui, sur une chaise inconfortable, et qui dévorait des yeux son mètre quatre-vingt-cinq de muscles super-entraînés, sa carrure de champion de course à pied, ses boucles noires à peine nuancées de quelques fils d'argent, et ses yeux de feu.

— Nom, prénom ? reprit Corentin sèchement.

— Lady Sultana, tu sais bien, roucoula son vis-à-vis.

L'inspecteur divisionnaire Corentin passa une main fatiguée sur ses paupières.

— J'ai dit : nom, prénom, murmura-t-il, se contenant à la volonté.

— A Bruxelles, on m'appelle Dany. A Marseille, la Princesse, reprit la voix haut perchée.

Boris écrasa sa cigarette dans le cendrier. Lady Sultana comprit brusquement qu'il était possible qu'il lui arrive assez vite des bricoles si elle continuait comme ça.

— Maurice Cheminot, avoua-t-elle piteusement. Comme un cheminot. Voilà.

Corentin soupira. Non seulement c'était le matin, un samedi matin de novembre maussade et gris d'où tout espoir de soleil était exclu, non seulement il avait dû dormir à peine trois heures vu qu'il avait couru après « Lady Sultana » la moitié de la nuit, mais en plus Brichot, son coéquipier depuis quinze ans, n'était pas là. Et quand Boris était particulièrement déprimé, la présence rassurante de Brichot lui était plus que nécessaire. Quinze ans qu'ils traquaient le vice ensemble, dans les pires bas-fonds de Paris et d'ailleurs, quinze ans qu'ils se payaient des filatures interminables et dangereuses dans les milieux les plus divers, des drogués aux sadiques, des tueurs chevronnés aux obsédés des jeux les plus pervers de l'amour, des détraqués du sexe aux monstres purs et simples dans les yeux desquels ne luisait plus la moindre étincelle d'humanité. Une paye, en somme. Un bail. A force, l'inspecteur divisionnaire Boris Corentin et l'inspecteur principal Aimé Brichot avaient fini par devenir des espèces de jumeaux. C'est-à-dire plutôt paumés quand ils étaient séparés.

— Inspecteur, s'exclama Lady Sultana en remuant des fesses sur sa chaise métallique, vous le connaissez, mon vrai nom, depuis le temps qu'on se fréquente ?

Boris releva les yeux. Dans la lumière blême qui filtrait par les fenêtres du local des Affaires Recommandées, le service des cracks de la Brigade Mondaine, la section reine affectée aux affaires très spéciales, les coups à risques, les dossiers épineux dans lesquels on sautait sans parachute, le transsexuel qui répondait au nom de Cheminot (si difficile à porter vu le fourreau lamé rose qui le moulait comme un gant de sucre filé et la perruque style Marylin Monroe) était en train de subir une de ces métamorphoses matinales auprès desquelles le retour du carrosse de Cendrillon à son état originel de citrouille n'était qu'une farce plaisante : la barbe, une barbe drue et bleue repoussait sur son menton et ses mâchoires.

— Bon, fit Boris. Alors, tu me les racontes en détail, tes trafics de vidéo ?

— Quels trafics Inspecteur papillota des paupières Lady Sultana.

— Ça fait huit jours que je te cherche, murmura Boris. Tu crois que c'est pour aller passer une nuit à l'hôtel ensemble ?

— Hélas, soupira l'autre en couvant amoureusement les épaules de fauve musclé de Corentin, ses longs yeux noirs étirés en amande et ses grandes mains carrées qui devaient savoir si bien courir le long d'un corps féminin.

— Accouche, commanda Boris brutalement.

A l'autre bout du local, au second étage du 36 quai des Orfèvres, Rabert et Tardet, l'autre équipe d'inspecteurs des Affaires Recommandées, classaient sans enthousiasme des dossiers en retard. Silencieux et moroses.

— Si je vous dis tout, vous n'oublierez pas d'être gentil, dans votre rapport ?

— On verra, grogna Corentin. De toute façon tu n'as pas le choix.

— Ça a commencé il y a un an, attaqua le travelo lentement. J'étais avec la Mamma et Patou, et on en avait marre de tapiner pour des clopinettes, ou de sucer des types dans des cinés d'immigrés en gagnant juste de quoi s'acheter nos produits de maquillage et d'épilation... On connaissait un mec qui avait du matériel vidéo et des relations. Il fallait juste lui rabattre des « acteurs ». Alors, on a pensé aux nouveaux pauvres...

— Quoi ? s'exclama Corentin.

— Les nouveaux pauvres. Vous lisez bien la presse, non ? On parle que de ça. C'est le sujet à la mode dans les magazines. Les chômeurs qui ne touchent plus rien. Ça fait un sacré cheptel d'affamés. Des hommes, des femmes, des jeunes qui n'ont plus rien. La différence avec les pauvres classiques, les clodos si vous voulez, c'est qu'eux, les nouveaux pauvres, ils essayent coûte que coûte de sauver la façade. On les remarque pas dans la rue. Ils ont vendu tout ce qui était vendable chez eux, on leur a coupé le téléphone et ils ne paient plus leur loyer, mais ils sont encore sapés comme « avant », quand ils avaient un boulot. Alors voilà, avec la Mamma et Patou...

— C'est qui, ça ?

— Des copines, fit le travelo. Vous allez me dire que vous voulez leurs noms et adresses, n'est-ce pas ?

— Tu es une balance ou pas ? fit froidement Corentin.

Le travelo épela les véritables patronymes de ses collègues en ponctuant tout ça de gros soupirs. Puis réattaqua :

— On s'est rencardées auprès des bureaux d'aide sociale, les soupes populaires, les asiles de nuit. Et on a trié. Les plus belles et les plus beaux... Prêts à n'importe quoi pour améliorer leur ordinaire.

— Dégueulasse, apprécia Corentin. L'exploitation de la misère... Faire faire des galipettes à des dactylos virées pour compression de personnel...

— On leur rendait service, en un sens, objecta Lady Sultana. Ça leur faisait du blé qui tombait du ciel...

Corentin fusilla le travelo du regard.

— Seulement comme par hasard, gronda-t-il, des mineurs et des mineures se sont retrouvés dans le champ de la caméra vidéo de votre petit copain. Et ça...

Le travelo papillota de ses faux cils immenses très vamp pour Ziegfeld Follies.

— On les a pas forcés, Inspecteur. Vous ne savez pas ce que les parents sont prêts à faire, quelquefois, pour sauver la face ou seulement garder leur télé couleurs dont ils ont pas fini de rembourser le crédit !

L'une des touches du combiné téléphonique clignota sur le bureau de Corentin.

— Oui, Patron, murmura-t-il. Tout de suite, Patron.

Il s'extirpa de son fauteuil et Lady Sultana admira une fois de plus secrètement les quatre-vingt-cinq kilos de muscles que moulaient un cardigan beige et une chemise de coton écossaise toute simple. Une machine humaine parfaite. Un mâle comme on n'en rencontre plus beaucoup, par les temps qui courent.

— Tu me prends mademoiselle et tu continues, s'il te plaît ? interrogea Corentin en direction de Rabert.

Celui-ci sembla émerger de son éternelle apoplexie.

— Je la prends comment ? émit-il finement.

— Comme vous voulez, j'aime aussi les gros, rétorqua aussitôt Lady Sultana, sautant sur l'occasion.

— Tu l'as cherché, sourit Corentin.

— D'abord, je ne suis pas gros, souffla l'inspecteur principal Rabert. Enveloppé peut-être. Et encore ! Faut rien exagérer...

*
* *

Dans le couloir du deuxième étage du quai des Orfèvres, la première chose que Boris Corentin aperçut fut une ombre vêtue d'un loden vert-de-gris qui naviguait vers lui à l'estime, les verres de ses lunettes encore aveuglés par la pluie qui dégringolait sans interruption depuis l'aube.

— Boris ! hurla Aimé Brichot en se précipitant. Si tu savais !

Ombre était le mot juste. Brichot n'était que l'ombre de lui-même avec son crâne chauve plus blême que jamais, ses yeux exorbités de myope derrière les verres Amor démodés, et sa petite moustache blonde en brosse drue qui semblait elle aussi décolorée par l'émotion.

— Si je savais quoi, Mémé ? interrogea-t-il. Qu'est-ce qui vient de te tomber sur la tête ?

L'inspecteur principal Aimé Brichot fit un certain nombre de gestes désarticulés au milieu du couloir.

— Cambriolés, Boris, on a été ! Dévalisés. L'appartement passé au peigne fin, hier soir, vers 17 h 30, pendant que Jeannette était sortie faire des courses. Juste avant le retour de Rose et Colette de l'école. Tu te rends compte, Boris ? Cambriolés ! Moi, un flic. Cambriolé...

— Charles aurait pu jouer le rôle de sirène d'alarme. En criant.

Charles, c'était l'héritier mâle, le dernier-né de la famille Brichot, que Jeannette et Aimé avaient longtemps désespéré d'avoir, après la naissance de Rose et Colette, les jumelles. Un superbe bébé potelé qui était accessoirement le filleul de Charlie Badolini, chef de la Brigade Mondaine, de même que Corentin était le parrain des jumelles.

— Qu'est-ce que tu racontes ? grogna Brichot. Jeannette l'avait emmené avec elle.

— Qu'est-ce qu'ils ont emporté ? questionna Boris Corentin.

— Des tas de trucs, gémit Brichot. Les bijoux de Jeannette, qu'elle a hérités de sa grand-mère. Mon walkman. La télé couleurs. Un vieux vase Empire qu'on a toujours eu dans la famille...

Corentin interrompit cette énumération hétéroclite :

— Tu vas être remboursé par les assurances, non ?

Brichot se mit à écumer.

— Tu rigoles, Boris ? Ces salauds-là sont entrés par la fenêtre de la salle de bains, en escaladant par la cour. Ils n'ont eu qu'à pousser la fenêtre. Pas d'effraction, rien. Les assurances ne me rembourseront jamais !

— Tu as porté plainte ?

— Pour quoi faire ? glapit Brichot. Tu crois que les flics vont se remuer les fesses pour coincer mes cambrioleurs ? Peau de balle ! On n'est plus protégés, mon vieux...

— J'allais te le dire, sourit Corentin. La police ne fait plus son boulot...

Brichot se bloqua, le regardant.

— Mets-moi en boîte, fit-il sourdement. C'est ça, acharne-toi, après ce qui vient de m'arriver.

Les yeux de Boris fusèrent d'une lueur de chaleur et d'amitié.

— Mémé, ce qui t'arrive est pénible et je suis entièrement avec toi, mais pour le moment tu tombes pile. Le patron nous appelle d'urgence et c'est le moment de montrer que, contrairement à ce qu'imaginent certains, la police fait parfois son boulot... Tu vois ce que je veux dire ?

*
* *

Du fond de son fauteuil Empire, le patron de la Brigade Mondaine roula convulsivement des globes oculaires en direction d'Aimé Brichot.

— Vous avez une petite mine, constata-t-il. Vous vous surmenez, en ce moment, ou quoi ?

Aimé Brichot remua nerveusement dans le fauteuil où il avait installé sa paire de fesses maigres, de l'autre côté du bureau du commissaire divisionnaire.

— En tout cas, j'espère que vous ne suivez pas les traces de Corentin, reprit le vieux Niçois en cherchant une cigarette dans la poche de son éternel veston bleu mélangé Navy et pétrole. Attention au démon de midi. Corentin a de l'entraînement. Vous, mon vieux...

— L'inspecteur Brichot a passé une nuit difficile à cause de votre filleul qui fait ses dents, expliqua précipitamment Corentin qui craignait de voir le cambriolage revenir sur le tapis et occuper la conversation pendant un quart d'heure.

— Excusez-moi, se racla discrètement la gorge Badolini, souriant rien qu'à l'évocation de Charles dont il était le parrain. C'est l'âge difficile pour les parents, c'est vrai.

Finalement, les échanges de vues sur Charles Brichot occupèrent une bonne dizaine de minutes, avant que le patron de la Brigade Mondaine n'entre enfin dans le vif du sujet.

— On a une assez sale affaire sur les bras, commença-t-il en tirant sur sa cigarette comme une locomotive de la bonne époque d'avant l'électrification.

— Une affaire propre m'aurait sincèrement étonné, ironisa Corentin.

Badolini agita sous le bureau ses courtes jambes

terminées par des boots surélevées de talonnettes de trois bons centimètres.

— Je ne vous le fais pas dire, murmura le patron de la Brigade Mondaine. D'ailleurs soyons justes. Pas plus sale que bien d'autres à première vue. Pas plus propre non plus. Une jeune femme, trente ans à peine, trouvée morte chez elle par sa femme de ménage, ce matin...

— La fille de la rue des Fossés-Saint-Marcel ? questionna Corentin. Cécile...

— Cécile Aumont, reprit Badolini. C'est ça, oui.

— J'ai entendu l'information à la radio.

Brichot renifla. Il n'était au courant de rien, vu que les cambrioleurs avaient aussi chouravé son transistor.

— Rien de particulier à première vue, fit Badolini. Sauf que la fille a eu des rapports sexuels avant de mourir.

— Ça arrive à des gens très bien, objecta Corentin.

— Des rapports sexuels très complets, continua Badolini. Vous voyez ce que je veux dire ?

— Une fille qui se fait sodomiser et qu'on retrouve morte ensuite, ça ne justifie quand même pas qu'on nous mette, nous, spécialement sur le coup, Monsieur le Divisionnaire ? fit remarquer Corentin.

— Juste, renifla Badolini. D'ailleurs la Brigade Criminelle est également sur l'affaire.

— Dans nos pattes comme d'habitude, grogna Brichot de mauvais poil. Sauf votre respect, Monsieur le Divisionnaire.

Un nuage de Celtique monta du fauteuil du patron comme un ensemble compliqué de signaux apaches.

— A vous de faire ce qu'il faut pour vous montrer plus malins qu'eux, grinça celui que les inspecteurs de la Brigade Mondaine avaient unanimement surnommé « Baba ».

Corentin haussa les épaules.

— Ne vous inquiétez pas pour ça, Patron. Ce que je ne comprends toujours pas, c'est le côté « affaires recommandées » de ce crime finalement banal. Une jeune femme, une danseuse, professeur de danse et chorégraphe, a des rapports sexuels dans la nuit et on la retrouve morte le matin, chez elle...

— Morte comment, au fait ? questionna Brichot.

— Excellente question, apprécia Badolini. A première vue, de toute une série de blessures infligées à l'aide d'un couteau. Mais ce qui est curieux, c'est qu'il ne semble pas s'agir de blessures profondes. Je n'ai pas encore le rapport des experts de l'Institut médico-légal...

— En bref, ce ne serait pas de ces blessures qu'elle serait morte ? interrompit Corentin.

— Il semblerait que non. Je dis bien : semblerait. Maintenant, il y a quand même autre chose...

Il amena à lui l'un des tiroirs de son bureau et en sortit un minuscule lecteur de cassettes. Il pressa l'une des touches. Instantanément une voix s'éleva :

— *Cherchez le Roi du Vice de Pigalle et vous aurez l'assassin de Cécile Aumont.*

La voix était déformée, étouffée. Plutôt féminine, à ce qu'il semblait. Boris se la fit repasser deux ou trois fois. Il était à peu près sûr qu'il s'agissait d'une femme.

— C'est arrivé quand ? interrogea-t-il.

— Ce matin. Mais pas chez nous. Sinon, vous pensez bien qu'on aurait repéré d'où venait l'appel. On a téléphoné à l'AFP, tout simplement, qui a enregistré le message.

Boris passa la main droite dans ses boucles noires.

— Roi du Vice... Pigalle... Evidemment, ça devient très « Mondaine », brusquement, la mort de Cécile Aumont.

— Je ne vous le fais pas dire, remarqua Badolini. Rien qu'au flair, comme ça, « j'intuitionne » des tas de choses là-dessous. Pas vous ?

Corentin hocha la tête :

— Confidentiellement, moi aussi, Patron.

Badolini se laissa aller au fond de son fauteuil.

— Sans compter que finalement, Cécile Aumont

n'était pas n'importe qui. Elle avait du talent, je crois. Un début de célébrité. Des chorégraphies à la télévision, au théâtre... Des tournées en vue un peu partout dans le monde... Alors, finir comme ça, salement, sans qu'on sache pourquoi, ça crie justice, non ?

— J'allais le dire, opina Corentin.

Il se leva, imité par Brichot.

— Ne vous inquiétez pas, Patron. On va faire tout ce qu'on peut pour retrouver l'ordure qui l'a tuée. Elle m'est sympathique, tout d'un coup, à moi, cette fille. Surtout si son meurtrier est un « Roi du Vice »...

Ses yeux s'étaient allumés, plus noirs que jamais brusquement.

— Les « Rois du Vice », on connaît ça. Pas vrai, Mémé ? C'est notre pain quotidien, non ?

Aimé approuva. Les petits drames personnels genre cambriolages étaient brusquement très loin.

CHAPITRE V

L'appartement de Cécile Aumont, rue des Fossés-Saint-Marcel, avait beau ne pas être tellement exigu, il n'était pas fait non plus pour contenir les policiers, le photographe de l'Identité Judiciaire, le releveur d'empreintes et les inspecteurs de la Criminelle qui se battaient à occuper le plus de terrain possible dans le couloir, le living ou la chambre à coucher. De temps en temps, comme des éclairs livides, les flashes des photographes trouaient la pénombre. Boris Corentin recula et se heurta à Vasagnac, un collègue de la Brigade Criminelle.

— On se marche déjà sur les pieds au figuré, fit observer spirituellement ce dernier. Pas la peine de le faire aussi au propre.

Boris vira sur lui-même, massif et athlétique comme une armoire à glace, dans son parka en toile huilée.

— Te fatigue pas, émit-il en souriant. La guerre des polices, c'est bon pour les chefs, non ?

Vasagnac détendit un peu sa silhouette trapue de Méridional à épaisses moustaches très noires.

— Tout à fait mon avis, fit-il. On joue franc-jeu ?

— Je ne demande pas mieux, murmura Corentin.

Il désigna du menton un des inspecteurs de l'Identité Judiciaire qui pulvérisait un peu de poudre blanche sur la surface de la cheminée qui trônait dans la salle de séjour.

— Il y a pas mal d'empreintes, fit remarquer Vasagnac.

— Alors inutile d'espérer quoi que ce soit de ce côté-là, murmura Boris. Trop d'empreintes, c'est pire que pas d'empreinte. Ça veut dire que le tueur n'est pas fiché. Qu'il ne risque donc rien...

Il vira du buste :

— Sa chambre ?

— Par là, fit le collègue de la Criminelle.

Boris se bloqua sur le seuil, soufflé. C'était un véritable spectacle d'abattoir. Le lit défait était couvert de sang. Ça dégoulinait jusque sur la moquette. Une vraie boucherie.

— Elle s'est complètement vidée, expliqua Vasagnac. Ce qui est d'ailleurs bizarre, vu ses blessures superficielles...

— Je sais, murmura Corentin. Elle a été emmenée place Mazas (1) ?

— Il y a dix minutes à peu près, murmura Vasagnac.

Le lit écarlate était encore plus impressionnant, si possible, sans le corps qui y était resté longtemps étendu. Corentin pensa un instant à Brichot qui, de son côté, devait être justement en train de se rendre place Mazas.

Il jeta un coup d'œil circulaire sur le décor. Ce n'était pas le luxe, mais c'était un début d'opulence et de confort. Cécile Aumont avait visiblement été tuée à l'aube d'une carrière prometteuse et rémunératrice. Tapissée de daim fauve, la chambre baignait dans une pénombre dorée où flottait encore le parfum de la morte. Çà et là, on devinait que Cécile avait commencé à remplacer les meubles et les bibelots sans valeur du début de sa carrière par des objets beaucoup plus recherchés. Un nègre vénitien de la Renaissance

(1) L'Institut médico-légal, place Mazas, à Paris (XIIe).

côtoyait, dans un coin, deux chaises sans style, genre Habitat. La mort avait stoppé la métamorphose du décor.

— Et là-haut ? questionna Boris en montrant un escalier à vis qui montait vers les combles de l'immeuble.

— Le studio de danse qu'elle avait aménagé, expliqua Vasagnac. On est allé voir. Rien d'intéressant.

— Tu permets que je visite quand même ? questionna Boris souriant.

— Mais comment donc ! répliqua Vasagnac sur le même ton.

L'ancien grenier mansardé avait été aménagé en studio de danse, avec une longue barre en bois fixée à l'un des murs, face à une glace immense où Cécile avait dû s'examiner, chaque matin, pendant qu'elle faisait ses exercices, corrigeant tel ou tel geste, tel ou tel mouvement du bassin, telle flexion de la jambe, telle trajectoire, telle extension ou telle rotation. Dans un coin, traînaient des collants roulés en boule et des chaussons de ballerine, en soie rose. De vieux chaussons qui avaient beaucoup travaillé, aux pointes usées, déchirées. Etrangement ému, Corentin regarda longuement cet humble amas de reliques. Tout ce qui restait de la disparue...

Machinalement, il leva la tête. Cécile Aumont avait fait agrandir les ouvertures donnant directement sur les toits. Une grande verrière oblique laissait tomber un jour pâle.

— Tiens, tiens, murmura-t-il pour lui-même.

Sur l'un des vitrages où s'était déposée la crasse grise de Paris, il venait de distinguer une sorte de papier coloré roulé en boule et coincé dans le châssis. Il se rapprocha. Les vitrages de droite et de gauche étaient fixes. Seul celui du milieu s'ouvrait, basculant sur un axe horizontal. Il le poussa. Immédiatement le vent glacé s'engouffra dans le studio. D'une traction, il s'agrippa au châssis et se hissa du buste vers l'extérieur. De la main il ramena vers lui le papier froissé. D'autant plus insolite à cet endroit, sur ce toit d'immeuble, qu'il y avait peu de chances pour qu'il soit tombé du ciel tout seul.

— Bizarre, bizarre, murmura-t-il quand il eut refermé la vitre basculante.

Le papier en question était un emballage de film. Un banal emballage de film Kodak 24 × 36, 1000 asa. Mais c'était bien tout ce qu'il avait de banal. Rien que l'endroit où il avait échoué l'était déjà beaucoup moins. Et puis, 1000 asa, c'était une sensibilité pour photographes professionnels.

— Professionnel et acrobate, pensa Corentin, interloqué, en se demandant pour quelle raison — si son hypothèse était bonne — quelqu'un avait éprouvé le besoin de passer par les toits pour photographier... Mais pour photographier quoi ?

Il resta songeur quelques instants. Puis il redescendit l'escalier à vis.

— Merci pour les infos, fit-il à Vasagnac. On se reverra, pas vrai ?

— Il y a des chances, murmura le collègue de la Criminelle en voyant disparaître la haute silhouette d'athlète breton (natif d'Audierne) de Boris Corentin, un des flics les plus célèbres du quai des Orfèvres.

*
* *

Au même instant, Aimé Brichot, plus Pierrot lunaire que jamais et tout aussi blanc que sa chemise strictement cravatée « club », c'est-à-dire chic anglais, se demandait s'il n'allait pas tourner de l'œil, là, en plein milieu de cette grande salle dallée de blanc de l'Institut médico-légal de la place Mazas. C'était l'odeur surtout, une odeur douce comme légèrement poivrée, qui l'écœurait. L'odeur même de la mort.

— C'est bien ce que je pensais, continuait à expliquer

le médecin. Cette jeune femme aurait dû normalement survivre à ses blessures. Seulement voilà...

La moustache de Brichot tremblotait.

— Ra... Rabattez ça, s'il vous plaît, supplia-t-il d'une voix chevrotante.

Avec un demi-sourire, le médecin recouvrit le visage de Cécile Aumont qui disparut sous le drap qui lui servait de suaire.

— Seulement, reprit-il, la pauvre fille était hémophile...

Convulsivement, Brichot reculait vers la porte. Lorsqu'il l'eut atteinte et qu'il en eut franchi le seuil, il retrouva ses esprits.

— Je croyais que l'hémophilie ne frappait jamais que les hommes, bien qu'elle soit transmise par les femmes ? questionna-t-il.

Le médecin regarda attentivement le policier chauve et moustachu qui cachait derrière son air de Français moyen des ressources insoupçonnées.

— Très juste, fit-il. L'hémophilie classique n'affecte pas les femmes. Mais il existe un état pathologique — d'ailleurs non héréditaire, ce qui le distingue de l'hémophilie — qui offre certains caractères de l'hémophilie et qui peut aussi bien frapper les hommes que les femmes. J'ai l'impression que cette fille souffrait d'une maladie de ce genre. Si je ne me trompe pas, on retrouvera chez elle tout un tas de médicaments spécifiques : sérum de cheval, chlorure de calcium etc.

— Ça voudrait dire que celui ou ceux qui l'ont blessée n'avaient pas l'intention de la tuer ? Morte par accident, en somme... Ou alors ils étaient au courant et, justement, ils ont choisi pour elle cette mort lente, atroce...

Le médecin eut un vague sourire :

— Ce genre de déduction, c'est votre rayon, Inspecteur. Pas le mien.

— J'entends bien, fit Brichot. Excusez-moi, Docteur. Je pensais tout haut.

*
* *

A l'autre bout de Paris, au dernier étage d'un immeuble tout verre et acier du quai André-Citroën, chaque minute qui passait renforçait les aigreurs d'estomac de Robert Lievin.

Il laissa retomber rageusement le combiné téléphonique dans son logement.

— Bon sang, fit-il, on ne peut pas me laisser tranquille, non ?

Il venait d'écourter un appel de New York qu'en d'autres circonstances il n'aurait jamais songé à expédier ainsi. Ça concernait des problèmes qui venaient de surgir dans un centre de perforation du New Hampshire appartenant au groupe Pache et Sokal. Des usines où on fabriquait des charges explosives destinées à permettre au pétrole ou au gaz de passer dans les puits par des tubages d'acier.

« Qu'on me foute la paix ! pensa-t-il. »

Il se pencha vers l'interphone.

— Annulez mon déjeuner, fit-il à l'adresse de Gabrielle, sa secrétaire personnelle. Trouvez n'importe quoi. Un voyage imprévu en Afrique...

Il releva un visage décomposé. Depuis son réveil, il n'en finissait pas de se sentir s'effondrer de l'intérieur. Bizarrement, c'était maintenant Karen qui le terrifiait le plus. Qu'est-ce qui se passerait si son épouse apprenait ce qu'il avait fait la nuit dernière — et qui d'ailleurs restait pour lui assez nébuleux ? Quelle réaction auraitelle ? Malgré le silence entre eux, l'échec complet de leur vie conjugale, c'était de la perdre qui l'effrayait le plus. A cette idée, il en avait les mains qui se remettaient à trembler.

Il réfléchit quelques instants, alla s'asperger le visage d'eau fraîche puis enfila son imperméable. Il fallait absolument qu'il se débarrasse au plus vite du paquet de vêtements sanglants qu'il avait fourré dans le coffre de sa voiture, à l'aube. Après en avoir retiré son stylo et ses papiers d'identité. Dans son affolement, il les avait laissés dans la veste, il s'en était aperçu au cours de la matinée, lorsque Gabrielle, sa secrétaire, lui avait présenté des lettres à signer.

Il retrouva sa voiture dans le parking en sous-sol de l'immeuble du groupe. Précipitamment, il ouvrit le coffre de l'Alfa Romeo pour fouiller ses vêtements et en retirer les papiers compromettants.

Il eut l'impression qu'une main griffue lui prenait l'estomac. Sur les vêtements ensanglantés toujours roulés en boule, il y avait un paquet. Un somptueux paquet enrubanné. Comme un cadeau. Sous la lumière verdâtre des rampes au néon, le papier doré qui enveloppait le paquet jetait des lueurs aveuglantes.

Dans un brouillard, il laissa retomber le coffre.

C'est alors qu'il se rendit compte que Karen était là, au volant de l'Alfa Romeo. Immobile.

Il glissa vers elle dans un état second. C'était bien Karen, nette et simple comme d'habitude, vêtue d'un ensemble mauve qui aurait pu passer pour sévère si son visage n'avait eu une telle douceur.

Il monta près d'elle.

— Ça va ? murmura-t-elle.

Elle n'avait même pas l'air émue. Plutôt étonnée. Le regardant avec une espèce de curiosité qu'il ne lui avait jamais vue.

— C'est ton anniversaire aujourd'hui, fit-elle d'une voix neutre. Je suis allée t'acheter un cadeau et je suis venue le déposer ici, pour que tu en aies la surprise.

Elle posa ses longues mains parfaitement manucurées sur le volant.

— Voilà, fit-elle.

Il la scrutait, à son tour, avec des yeux égarés.

— Voilà ! Voilà ! explosa-t-il soudain. C'est tout ce que tu as à me dire ? Pose-moi des questions, vas-y !

Elle tourna la clé de contact.

— Plus tard, fit-elle dans un souffle. Il y a plus pressé, non ?

Le moteur de l'Alfa Romeo ronfla doucement.

— Par exemple, rentrer à la maison et faire une lessive... Le programme te convient ?

*
* *

Karen Lievin souleva le couvercle de la machine à laver.

— Donne-moi ça, fit-elle à son mari. Ça va bouillir. Dans deux heures, il ne restera plus aucune trace.

— Attends ! s'écria Lievin toujours aussi pâle.

Il avait failli oublier de retirer de son veston les papiers d'identité qui devaient toujours s'y trouver ainsi que son stylo. Il fouilla des deux mains dans le paquet de linge que le sang raidissait par endroits.

— Qu'est-ce que ça veut dire ? haleta-t-il au bout d'un moment.

Il avait bien trouvé le stylo, un Mont-Blanc, à l'endroit où il le mettait d'habitude, dans la poche intérieure de sa veste. Mais les papiers avaient disparu.

Il recula lentement à travers la vaste salle de bains tapissée d'un papier imitation paille.

— Je suis perdu, fit-il d'une voix blanche en détachant les syllabes.

Ça ne faisait aucun doute. Son portefeuille contenant sa carte d'identité, son permis de conduire et sa carte grise, avait dû tomber, à un moment ou à un autre, chez Cécile Aumont. Par conséquent la police avait certainement mis la main dessus à l'heure qu'il était.

— Foutu, reprit-il.

Avec un calme incroyable, Karen s'activait au-dessus de la machine à laver. Lessive, adoucisseur, programmation. Elle rabattit le couvercle et se retourna.

— Robert, murmura-t-elle, je crois que c'est le moment de tout m'expliquer, non ?

Lievin s'appuya contre le rebord d'un des lavabos 1900 à robinetterie dorée.

— Tu vas penser que je suis un monstre, souffla-t-il à voix basse.

CHAPITRE VI

Antoine Sotelo pencha vers les documents éparpillés sur son bureau un regard ténébreux qui, quarante ans avant, avait fait chavirer énormément de cœurs sensibles et féminins, dans les boîtes d'Oran, du temps où l'Algérie était encore provisoirement un morceau de la France. Depuis, le temps avait passé, Sotelo avait soixante ans bien sonnés, l'Algérie était algérienne depuis belle lurette, il avait attrapé pas mal de rides, un rhumatisme commençait à lui déformer les mains méchamment malgré la kyrielle de spécialistes consultés à travers le monde entier et, en somme, les choses avaient bien changé à tous les points de vue. Les deux seuls domaines dans lesquels rien n'avait bougé, c'était son accent pied-noir à couper au couteau, et la virginité immaculée de son casier judiciaire. Sotelo était de l'espèce rare qui passe perpétuellement entre les gouttes, même sous les plus grosses averses. Bien entendu, des armadas de policiers de toutes catégories s'étaient intéressées à lui, depuis une quarantaine d'années qu'il exerçait des talents raffinés qui allaient du chantage à la prostitution de haut vol, en passant par les salles de jeux clandestines et des escroqueries plus compliquées comme la fabrication de fausses cartes de crédit et autres accessoires nés de la révolution informatique.

— Putain de sa mère, fit-il d'une voix rauque et

incurablement vulgaire qui se ressentait de ses mauvaises fréquentations de jeunesse dans une Algérie dont les pieds-noirs se croyaient propriétaires pour l'éternité. Qu'est-ce que c'est que ce mickey ? Où on va avec ça, dis ?

Son vis-à-vis se recula, vu que Antoine Sotelo postillonnait énormément, suite à une infection qui lui avait récemment bouffé la moitié des gencives et, par le fait, écarté et déchaussé considérablement les dents.

— Inconnu au bataillon, Patron, grinça le nain de sa voix haut perchée. Robert Lievin... Ça me dit quelque chose, pourtant, mais j'arrive pas à savoir quoi...

— Tu devrais faire un effort, Bébé, dis ? grogna Sotelo sans relever la tête.

Ça faisait des années que Hugo Lobo, trente-six ans bien sonnés mais la taille d'un enfant de huit ans, se laissait appeler « Bébé » par Sotelo. Ou « le Nain Jaune », dans les jours de lyrisme. Il acceptait ça avec une certaine bonne humeur. De toute façon, la vie des nains est perpétuellement menacée par l'apitoiement des autres ou leurs moqueries. Il préférait encore la seconde solution. Et puis, Sotelo l'avait tiré d'une sale affaire qui remontait à une dizaine d'années auparavant, à l'époque où Lobo courait le cachet dans des films où on avait besoin d'acteurs dans son genre, c'est-à-dire de sa taille. Au cours d'une partouze organisée pour fêter le dernier tour de manivelle d'un feuilleton-télé, il s'était amusé, ivre-mort, à déverser le contenu d'un seau à glace dans le ventre d'une starlette, là exactement où les hommes ont l'habitude de se présenter de façon plus brûlante... La fille était morte d'hémorragie, et si l'enquête policière avait conclu à un accident, c'est que Sotelo était un ami du producteur et qu'il avait, comme on dit, le bras long.

Depuis, Bébé suivait Antoine Sotelo comme son ombre. Enfin, sa demi-ombre. Son quart d'ombre, même, vu que Sotelo mesurait 1,90 m, avec des épaules de catcheur et des bras où les biceps se gonflaient comme des ballons de rugby.

— En tout cas, il n'est pas dans la purée, le Lievin, fit Sotelo en tournant et retournant le portefeuille de cuir noir tout neuf de chez Cardin.

— Peut-être qu'il était tout simplement l'amant de cette fille, Cécile Aumont, fit le gnome en s'agitant sur sa chaise imitation Louis XV.

— Ça se pourrait, murmura Sotelo en regardant la photo de Lievin sur sa carte d'identité. Beau mec de cinquante berges plein aux as, très « bourge » (1). Une tête « classe », à entretenir une danseuse en douce de sa femme. Laquelle n'est pas dégueulasse du tout, d'ailleurs. Regarde.

Il tira du portefeuille de Lievin une photo où Karen, son épouse, souriait devant une fontaine en marbre ornée de tritons. Ni Sotelo ni Bébé n'avaient l'âme touristique. Ça passait même très loin au-dessus d'eux. Ils ne reconnurent donc pas, derrière Karen Lievin, un des monuments célèbres de Rome.

— Hypra-bandante, apprécia Bébé, utilisant un mot à la mode destiné à exprimer le comble de l'émotion admirative.

— Bon, gronda Sotelo en arrachant le cliché des mains du nain. Arrête de rêver, dis ? On met de l'ordre dans tout ça, fils ?

Le nain se laissa tomber de son siège et se mit à faire les cent pas au milieu de la vaste pièce qui servait de bureau à Sotelo, au-dessus du Sex Service qu'il avait récemment ouvert sur le boulevard de Clichy. Une de ses dernières réalisations. Et qui marchait très fort. Rien que le peep-show lui rapportait soixante mille francs par jour (beaucoup plus les vendredis et les samedis).

— Il y a deux mystères, récapitula le nain de sa voix d'adolescent en train de muer. La mort de la fille et la présence de ce type…

(1) Bourgeois.

Il pensait tout haut. Antoine Sotelo avait déjà pu vérifier plusieurs fois que l'intelligence de Bébé était très au-dessus de la moyenne.

— On n'a pas voulu la tuer, cette conne ! s'exclama le vieux truand. Juste lui faire passer l'envie de détourner des mineures...

Il s'était levé lui aussi. Au passage, devant une glace, il rectifia son nœud de cravate en alpaga et inspecta le tombé impeccable de son veston de tweed à chevrons gris bleu.

— Cette sale gouine, fit-il entre ses dents. Si j'avais su qu'elle allait essayer de se payer Amaranta ! Oh ! Dis ? On lui aurait donné le Bon Dieu sans confession, à Cécile Aumont, hein ?

Il s'arrêta et se laissa tomber dans une bergère en fourrure de léopard. Un chef-d'œuvre de kitsch, c'est-à-dire de mauvais goût absolu. Dans son nouveau bureau-tanière du boulevard de Clichy, Sotelo avait entassé tout ce qu'il avait de plus « beau », tout ce qu'il jugeait le plus luxueux. Le résultat était atroce. De la moquette or aux trophées de bazar qui décoraient les murs, du mobilier « polynésien » aux lustres « gothiques », tout était faux à hurler. Du faux très cher bien entendu. Un cauchemar de mauvais goût. Sotelo avait été à l'école de la rue, à Oran. A seize ans, il savait ouvrir presque n'importe quel coffre-fort rien qu'en le caressant, on aurait dit, rien qu'en lui parlant. Côté délicatesse et raffinements, son éducation avait malheureusement laissé à désirer.

— Me faire ça à moi ! gémit-il du fond de son fauteuil de léopard.

Ça, c'était ce qu'il avait récemment découvert. Ce qui se passait entre Amaranta, sa fille unique, et Cécile Aumont, le professeur de danse chez laquelle Amaranta se rendait trois fois par semaine pour des cours particuliers.

— Pas la peine d'y repenser, Patron, murmura le nain. Ça va vous faire du mal.

— Au contraire, postillonna Sotelo. Ça me confirme dans mon bon droit. Qu'est-ce que tu aurais fait, si tu avais eu une fille et qu'une sale lesbienne...

Il s'arrêta.

— Il est vrai, reprit-il, qu'une fille de toi, elle n'aurait pas été comme mon Amaranta.

Le nain vira sur lui-même. C'était un sujet sur lequel il était extrêmement pointilleux.

— Vous vous trompez, Patron. Les nains peuvent très bien avoir des enfants tout à fait normaux. Dois-je vous rappeler que le nanisme n'est pas héréditaire, que mon père et ma mère avaient des tailles au-dessus de la moyenne, et que mon état n'est dû qu'à un accident qui aurait pu arriver à n'importe qui, à vous ou à Amaranta. Une banale insuffisance hormonale d'origine thyroïdienne. Encore heureux que j'aie évité les troubles myxœdémateux, le crétinisme et la sénilité précoce qui accompagnent les nanismes d'origine hypophysaire...

Sotelo agita une main.

— Ça va, fit-il, tu m'as déjà dit tout ça. Laisse tomber, tu veux bien ?

A l'autre bout du bureau, enfoncés dans les fauteuils « polynésiens », c'est-à-dire sculptés d'une façon prétendument barbare, les deux porte-flingues de Sotelo, deux Hercules avec rien que du muscle et des cervelles de sauterelles, avaient l'air de dormir. C'étaient les chiens de garde du vieux truand. Tout le sang qu'il n'avait pas sur ses mains aujourd'hui rhumatisantes d'ancien artiste du chalumeau, ils l'avaient pris sur les leurs. A force de vivre en osmose avec eux, Sotelo en arrivait à les oublier complètement. Quelquefois même, il ne se souvenait pas de leurs noms. De toute façon, il leur avait trouvé des surnoms, tellement leur bêtise le déprimait, « Le Chagrin et la Pitié », il les appelait...

— Repasse la cassette, Bébé, ordonna-t-il brusquement.

— C'est pas sérieux, Patron, fit le gnome. Ça vous fait du mal.

— La cassette, j'ai dit. Tu es sourd ?

En soupirant, le nain chaloupa vers le mur du fond où, sur des étagères en verre fumé, reposait un inimaginable bric-à-brac de matériel hi-fi haut de gamme. Trois platines, des magnétophones, quatre magnétoscopes Akaï et Thompson, et quatre téléviseurs. Quatre autres écrans, sur le mur d'en face, étaient branchés sur un circuit fermé de vidéo et permettaient de surveiller quand on le voulait ce qui se passait dans les différents points du Sex-Service au rez-de-chaussée : hall, sex-shop, cabines du peep-show, salle où les clients pouvaient visionner des cassettes porno, cabinets particuliers pour rencontres en tête à tête avec les *show-girls*...

Le nain actionna l'un des magnétoscopes puis alluma le téléviseur qui se trouvait au-dessus. Sotelo sentit ses mâchoires se resserrer. Ça faisait une bonne dizaine de fois, depuis deux jours, qu'il regardait ce film. Et à chaque fois la même colère folle s'emparait de lui. Un flot de haine froide, de cruauté glacée. Et avant tout, l'envie de se venger...

Seulement ce matin, c'était fini. Il n'avait plus personne sur qui se venger. Cécile Aumont, la « coupable », kidnappée la veille au soir par Bill et Gunther, les porte-flingues, alias « Le Chagrin et la Pitié », et amenée à domicile, boulevard de Clichy, pour y subir une correction qui devait lui laisser des souvenirs durables, était morte. Inexplicablement.

La cassette commença à se dérouler. Un peu floue à cause des conditions dans lesquelles elle avait été enregistrée. Ça n'empêchait quand même pas de voir parfaitement de quoi il s'agissait.

Sur l'écran, on ne voyait d'abord, pendant quelques minutes, que Cécile Aumont en tenue de danse, justaucorps noir et collant noir moulant ses longues jambes au galbe parfait. Pris d'en haut, en « plongée », son studio de la rue des Fossés-Saint-Marcel, sous les toits, baignait dans une pénombre qui rendait flous les contours de sa silhouette. Tout en parlant, elle montrait un certain nombre de mouvements. Bascules du bassin et du buste, flexion, hyper-extensions, pivotements sur elle-même, tour « en contraction », tour « spirale ». Puis elle disparaissait elle-même de l'écran, et y revenait au bout de quelques minutes, mais pas seule.

Un jet de sueur glacée coula le long de la nuque de taureau de Sotelo. Sur l'écran, sa fille venait d'apparaître, elle aussi moulée dans un justaucorps et un collant. Sa fille ! Son Amaranta ! Le seul amour de sa vie, depuis la mort de sa femme, emportée six ans avant par le « crabe », l'horrible « crabe » du cancer généralisé. Depuis, le vieux truand couvait Amaranta d'une passion exlusive, totale. Il était sa mère et son père en même temps. Avec la jalousie d'un père, et la férocité amoureuse et tendre d'une mère...

Tout près de l'écran, Bébé, le nain, toussotta. Lui, il appréciait le spectacle en technicien. Du beau travail... Et pour cause. C'est lui qui, sa caméra vidéo Hitachi en bandoulière, avait filmé tout ça, deux jours auparavant. Un exploit qui avait demandé pas mal de préparation. Il lui avait fallu se procurer une empreinte de la serrure de la porte d'entrée du domicile de la chorégraphe. Puis il avait dû calculer le moment propice pour se faufiler chez elle en son absence. Enfin, il s'était planqué sur le toit pendant une demi-journée, avant que le « spectacle » ne commence... C'est ça qui avait été le plus dur : l'attente sur la pente de zinc glacé, avec rien que le ciel au-dessus de lui, les pieds calés tant bien que mal contre une cheminée. Le fait d'être nain ne l'empêchait pas d'avoir, *en plus*, le vertige. Rien que l'idée du vide, au-dessous de lui, le paralysait. Sans compter le froid cinglant de novembre qui l'avait peu à peu engourdi malgré son blouson doublé mouton... Un truc comme ça, il ne l'aurait fait pour personne au monde. Sauf pour Antoine Sotelo.

Sur l'écran, la chevelure châtain de Cécile lançait des reflets légèrement roux. Celle d'Amaranta, dont la silhouette était plus mince, plus jeune et plus grande que celle de Cécile, formait un contraste éclatant, par sa noirceur profonde et abondante, avec celle de la chorégraphe. L'une face à l'autre, les deux femmes parlaient en levant un bras ou une jambe, en fléchissant le bassin ou le buste. Cécile corrigeait une position du bras, un mouvement de la nuque, accompagnait chaque geste d'une explication. On n'entendait rien, bien entendu. Le nain avait filmé à travers la baie vitrée du studio, planqué contre le toit en pente, le nez de sa caméra seul dépassant. Il se revoyait, l'œil collé au viseur, cadrant et zoomant, tandis que l'appareil émettait son ronronnement électronique. Oui, du beau travail, compte tenu des conditions de réalisation.

Tremblant, les pupilles dilatées, Sotelo continuait à regarder avec une horreur croissante. On arrivait au moment crucial.

Il le connaissait par cœur, ce moment-là. Et c'était à chaque fois comme si on lui avait chatouillé les nerfs du bout d'un scalpel.

Sur l'écran, Cécile Aumont était en train de montrer à son élève le mouvement dit du « grand écart ». Lentement, le buste à la verticale, les bras en croix légèrement fléchis pour former une ligne courbe, doigts allongés, coudes rentrés de manière à ne pas rompre la ligne sinueuse des bras selon les canons de la danse classique, elle descendait progressivement et ses cuisses s'ouvraient en compas, s'écartant peu à peu de son buste tandis que son bassin allait à la rencontre du sol.

Amaranta essaya de l'imiter mais elle perdit l'équilibre. Cécile se précipita pour la retenir. Sa main gauche glissa un instant, comme par mégarde, effleurant ses seins abondants qui tendaient le justaucorps. Un instant, elles restèrent l'une contre l'autre, leurs bouches se touchant presque. Amaranta, pour se relever, avait passé ses bras autour du cou de Cécile. Elles se redressèrent ensemble et, comme à regret, se séparèrent. Quelques secondes encore, la main droite de

Cécile caressa la nuque de son élève, rebroussant doucement ses boucles noires.

Puis Amaranta tenta de réessayer le grand écart. Cette fois, Cécile, derrière elle, mains sur ses hanches, l'aidait à garder l'équilibre. A mi-course du sol, Cécile lâcha la taille de la jeune fille, pour effleurer ses cuisses. Ses mains dévièrent encore et se retrouvèrent sous les jambes de l'adolescente, presque à l'intersection de la fourche de son ventre.

Il y eut un instant d'immobilité. Le visage de Cécile s'était rapproché de celui d'Amaranta, ses lèvres étaient sur le cou de l'élève. Celle-ci vira du buste et sa bouche large et lourde de Méditerranéenne s'ouvrit à la rencontre de celle de Cécile qui s'ouvrait également.

Les deux femmes roulèrent à terre au milieu du studio. Le sang battant aux tempes, Sotelo s'était mué en statue de la paternité bafouée. Lui qui possédait la moitié des « maisons d'abattage » de Paris et des banlieues, qui avait comme relations d'affaires privilégiées quelques dingues prêts à payer des fortunes, pour pouvoir de temps en temps disposer d'une fille à leur volonté, se passer sur elle tous leurs caprices, les faire défoncer par des chiens ou des ânes, lui qui n'hésitait pas, pour quelques centaines de milliers de dollars déposés discrètement à Zurich sur un compte à numéro, à abandonner entre les pattes d'un diamantaire chinois ou d'un émir du Golfe persique des filles d'à peine treize ou quatorze ans, lui qui avait fait une partie de sa fortune grâce au commerce des femmes et du plaisir, se sentait outragé dans sa chair, dans son sang, dans la seule chose qui comptait vraiment pour lui : sa fille. La vertu de sa fille. Sa pureté immaculée.

Il étouffa une sorte de sanglot rauque. Sur l'écran, les mains de Cécile s'étaient crispées autour de l'élastique du collant de danse d'Amaranta. Renversée, la jeune fille se laissait dévêtir. On pouvait la voir haleter de plus en plus précipitamment. Cécile Aumont entreprit de la déshabiller. Amaranta ondula du bassin pour l'aider à descendre le collant qui s'enroula autour de ses cuisses puis de ses jambes, entraînant le slip au passage, dévoilant peu à peu une toison touffue et noire qui montait très haut en boucles de plus en plus fines vers le nombril et frisait avec exubérance le long des cuisses. Cécile baissa la tête, et Amaranta la regarda fouiller son pubis, léchant par caresses concentriques, descendant vers la fente humide qu'elle ouvrait à petits coups de langue, passant et repassant la pointe de sa langue à l'orée de son intimité dardée au-dessus des lèvres qui se déplissaient comme une fleur lourde et moite. La tête d'Amaranta roulait de plus en plus vite contre le sol, tout son corps se raidissait sous l'effet des attaques délicieuses auxquelles était soumis son clitoris. Brusquement, elle sentit que l'une des mains de Cécile entreprenait de s'introduire en elle. D'abord un seul doigt frôlant sa chair turgescente puis la pénétrant, puis un second doigt. Ils sortirent et rentrèrent, et ressortirent encore tandis que la langue de la jeune femme poursuivait sa caresse encerclante. Sur le dos, Amaranta tordait son bassin et des spasmes de plus en plus violents la secouaient, projetant son ventre en avant, sa profonde toison noire et soyeuse qui luisait de la salive de Cécile et s'ouvrait comme si elle avait voulu engloutir dans son ventre tout le visage de la jeune femme, les yeux agrandis par une sorte de démence que Sotelo découvrait comme quelque chose d'absolument inconnu, impossible.

Il avait pourtant, dans sa vie, vu un maximum de femmes grimper au septième ciel. Mais justement : jamais il n'aurait pu penser qu'Amaranta, sa fille, *son* Amaranta, deviendrait une femme comme les autres, c'est-à-dire capable elle aussi de hurler de plaisir. Et, en l'occurrence, avec une autre femme !

Il se leva brusquement.

— Ça suffit ! cria-t-il presque. Arrêta ça, Bébé ! Coupe-moi cette saloperie !

Un silence pesant retomba sur le bureau. Derrière les

lourds rideaux chamarrés et perpétuellement clos, malgré les épaisses doubles vitres qui étouffaient les bruits du dehors, on entendait le roulement continu des voitures sur le boulevard de Clichy.

Hugo Lobo, le nain prognathe, roula plus qu'il ne marcha, sur la moquette dorée.

— J'avais pris aussi des photos, Patron, murmura-t-il. Est-ce que c'est nécessaire que je les développe ?

Bébé aurait fait un « privé » absolument parfait. Comme il se méfiait du matériel vidéo avec lequel il n'était pas encore tout à fait familiarisé, il avait pour plus de sûreté pris aussi tout un film avec son bon vieil Olympus tellement plus sûr à ses yeux. Un reportage vraiment exclusif. Avec un film de 1000 asa. Du matériel de professionnel.

Sotelo releva sa face carrée où la barbe, même rasée de près, faisait perpétuellement une ombre bleue.

— Tu ne crois pas que j'en ai assez vu comme ça, dis ? gronda-t-il.

Bébé haussa les épaules et entreprit de se retirer le plus silencieusement possible. Histoire de laisser le patron cuver un bon coup.

— Bébé ! le rattrapa la voix de Sotelo.

Hugo Lobo pivota sur ses jambes en arceaux.

— Va me chercher une fille en bas, commanda le patron du Sex-Service. N'importe laquelle, hein ? Je m'en fous.

CHAPITRE VII

C'est seulement aux informations télévisées de 20 heures que le présentateur du Journal évoqua, à propos de la mort de Cécile Aumont, l'étrange message anonyme reçu par l'AFP le matin même et transmis immédiatement à la police.

A cette heure-là, il y avait évidemment plusieurs dizaines de millions de téléspectateurs à l'écoute. A part quelques balletomanes, professionnels du spectacle, producteurs de télé et danseurs ou danseuses, le nom de Cécile Aumont, chorégraphe de talent dont l'avenir avait fait la nuit précédente un tête-à-queue fatal et définitif, ne disait pas grand-chose à la plupart de ceux qui étaient à l'écoute. Pour eux, c'était un crime de plus, un mystère que les flics finiraient peut-être par débrouiller — ou qui irait rejoindre la montagne des faits divers jamais élucidés, voués à la poussière du temps et à l'oubli du genre humain.

A l'inverse de ces indifférents, il y avait dans Paris, en deux points assez éloignés de la capitale, deux hommes à qui l'information fit un petit choc en plein ventre. Pour la bonne raison qu'ils se sentaient — à des degrés différents — particulièrement concernés.

Le premier, c'était Robert Lievin, PDG d'une des plus belles réussites mondiales en matière de profit capitaliste, chef d'entreprise écouté par certains hommes politiques comme un oracle, et depuis la nuit dernière embourbé dans une galère aussi glauque que nauséabonde.

— La police s'interroge bien entendu sur ce fameux « Roi du Vice » de Pigalle qui, selon le correspondant anonyme de l'Agence France-Presse, serait mêlé de très près à l'assassinat de la jeune chorégraphe, terminait le présentateur d'Antenne 2, un garçon très « clean » comme toutes les mères rêveraient d'en avoir un pour gendre.

— Qu'est-ce que c'est que ça ? murmura Lievin en éjectant de son fume-cigarette une Chesterfield à demi consommée.

Il s'était remis à fumer depuis le début de l'après-midi. Un vice dont il était parvenu à se débarrasser, pourtant, depuis à peu près trois ans.

— Ça s'agite pas mal, j'ai l'impression, émit Karen, reposant son verre de vodka Eristoff-orange.

Elle se leva, quittant le canapé où elle était installée, au cuir admirablement souple, couleur tabac.

— Qu'est-ce que j'ai à faire avec ces conneries, tu peux me le dire ? gémit Lievin, planté au milieu de la bibliothèque-bureau, une petite pièce toute lambrissée en cerisier, à l'un des détours des couloirs dédaléens qui sillonnaient leur appartement de la rue Barbey-de-Jouy.

Les bibliothèques encastrées pliaient sous les livres anciens, dont une édition complète et originale de la grande *Encyclopédie* de Diderot, datant du XVIIIe siècle. Au-dessus de la porte, dans un grand cadre doré, un minuscule Canaletto représentait l'église de la Salute, à Venise, peinte avec un raffinement de détails dont la minutie était presque maniaque.

— Le problème n'est pas là, murmura Karen en lissant machinalement le pull ample, couleur feuille morte et à ouverture raglan, qu'elle avait passé sur une chemise blanche à col cassé.

Lievin continuait à être soufflé de l'attitude de sa femme. Incroyablement calme. Comme si tout ce qu'il lui avait raconté, à la fin de la matinée, relevait de la plus quotidienne banalité.

Lui, depuis ce matin, des colonnes de termites lui bouffaient l'estomac. Une sensation qu'il n'avait pas connue depuis longtemps. L'impression d'être revenu trente ans en arrière, quand il attendait les résultats de ses examens de Droit ou de Sciences po, ou qu'il passait des nuits blanches à préparer le concours d'entrée à l'ENA. Ou plus tard encore, à Boston, au MIT, (Massachusett Institute of Technology), quand il piochait en bibliothèque pour obtenir son diplôme. Il avait l'impression d'évoluer dans un univers pâteux, cotonneux, qui n'avait plus rien à voir avec la réalité.

— Karen, fit-il brusquement. Pourquoi tu ne dis rien ? Aucun reproche, pas un mot. Rien ! Pourquoi ?

Il avait presque crié. Elle avait tout encaissé, posant des questions précises, utiles, avec une lucidité incroyable. Comme si elle n'avait jamais vécu que pour ça toute sa vie : sauver un jour la mise à son mari. L'aider à se tirer d'une situation impossible, d'un vrai, d'un grand merdier.

— Qu'est-ce que tu veux que je te dise ? fit-elle en pivotant sur elle-même tandis que sa longue jupe noire à plis creux en jersey de laine virevoltait dans un mouvement tournant plein de grâce. Que je te fasse une scène ? Que je m'effondre parce que j'apprends que mon mari passe ses soirées à regarder des filles nues comme d'autres se payent des prostituées ou entretiennent une maîtresse ?

Elle haussa les épaules. Lievin n'avait rien caché. Sa folie désaxée, depuis quelques mois. Sa frénésie sexuelle secrète. Ses soirées folles, solitaires, dérisoires, à fantasmer dans des cabines de peep-show devant des corps féminins qui ouvraient leurs fesses, écartaient les cuisses, malaxaient leurs seins, leurs ventres, sous ses yeux incendiés de désir.

Il avait détaillé ensuite la dernière soirée. La boîte du boulevard de Clichy. Le défilé des filles derrière la vitre sans tain de sa cabine, dans cette lumière surréaliste d'aquarium. Son assoupissement, plus long qu'il ne l'avait cru. Son réveil soudain, en pleine nuit, alors que les patrons du Sex-Service devaient croire les cabines vidées de leurs derniers clients. Et le spectacle, alors, sauvage et sanglant, qu'il avait surpris. Cette grande fille nue massacrée au couteau par un être monstrueux, un gnome, puis possédée bestialement...

La révélation qu'il avait eue que la fille suppliciée n'était autre que Cécile Aumont, la chorégraphe devenue amie de Karen.

La folie qui l'avait possédé alors, l'impression d'être sur une autre planète où tout était permis, où ni les lois ni la morale n'existaient plus.

Son arrivée, presque contre sa volonté, chez Cécile.

Puis une succession de scènes incohérentes comme les séquences, les « rushes » d'un film pas encore monté dans sa continuité logique et chronologique.

La porte de l'appartement de Cécile à demi ouverte. Le corps nu de celle-ci qu'il avait eu la folie d'essayer de posséder dans la pénombre. Le coup violent reçu sur la nuque. Des voix, au-dessus de lui, inconnues, perçues dans son semi-évanouissement. Puis l'horrible réveil, encore, auprès de la jeune femme gisant au milieu du lit et baignée de sang. Sa fuite enfin, éperdue. Son retour à la maison. Ses propres vêtements ensanglantés roulés en boule dans le coffre. La découverte de ceux-ci par Karen, au gré d'un de ces hasards dont seule la vie réelle a le secret. La disparition de ses papiers d'identité. L'angoisse. La terreur. L'idée affolante que, peut-être, il était davantage mêlé qu'il ne le croyait à la mort de Cécile. Qu'après tout, ces « blancs » que sa mémoire refusait de remplir, dans cette nuit de bruit et de fureur, n'étaient peut-être que les effets d'une amnésie volontaire, un choix de sa conscience, l'oubli de quelque chose de plus horrible encore que tout ce qu'il savait.

La terreur maintenant, par-dessus tout, à l'idée que ses papiers d'identité soient tombés entre les mains de la police. Sa vie ruinée. Sa carrière par terre. Tout ce qui restait de solide dans son existence balancé par-dessus bord.

— Le plus drôle, si on peut dire, sourit Karen amèrement, c'est que cette pauvre Cécile n'était pas du tout ce que tu croyais. Tu ne pouvais pas le savoir parce que je ne te l'ai jamais dit, mais elle était lesbienne. Homosexuelle cent pour cent. Tu vois, mon pauvre Robert, même Cécile, c'était une illusion...

Les yeux de Lievin la scrutèrent, égarés.

— Mais alors, murmura-t-il, sa présence là-bas, dans cette... dans cette boîte de Pigalle, c'était vraiment contre son gré ? Il n'y a plus de doute là-dessus ?

— Je crains que non, souffla Karen. Tu as assisté sans le vouloir à un règlement de comptes, Robert. Une vengeance. Et un viol. Pas un spectacle un peu corsé pour sado-masochistes...

Lievin chercha une nouvelle Chesterfield qu'il massacra pour l'emboîter dans son fume-cigarettes. Il avait expédié sa journée, au bureau, dans un état second. Heureusement que le groupe Pache et Sokal filait tout seul sur ses rails à la vitesse et avec l'efficacité du TGV. Signatures de lettres, chèques, appels de New York, Londres ou le Caire, tout valsait devant ses yeux et dans sa tête comme un film au ralenti. Hydrocarbures, forages, tests de circuits intégrés, réunion du comité financier, tout ce qui avait été sa vie dansait maintenant comme un mirage de chaleur sur une route, un jour d'été. Dématérialisé. Irréel.

— Tu as poussé une porte qu'il ne fallait pas pousser, reprit Karen. C'est comme ça que les ennuis commencent souvent... Je sais bien que tu n'es pour rien dans la mort de Cécile... Mais tu t'es trouvé là où il ne fallait pas être au moment où tu n'aurais pas dû...

Ils écoutèrent un instant le silence pesant son poids de plomb sur le vaste appartement. Les deux domestiques avaient sur l'ordre de Karen préparé un dîner froid et reçu quartier libre pour la soirée. A Paris, les Lievin n'employaient à leur service qu'un couple. A la campagne, en Sologne, dans leur propriété de « La Beaumière », leur personnel comprenait deux jardiniers, une cuisinière et deux femmes de chambre.

— Mon pauvre Robert, fit brusquement Karen d'une voix trouble en s'approchant de lui. Dire que tu as été obligé d'aller chercher ton plaisir dans des endroits pareils !

Elle était presque contre lui. Il se sentit enveloppé de son parfum.

— Karen... bafouilla-t-il, vacillant.

Elle le prit par la taille.

— Et... fit-elle, la respiration courte, sifflante. Et ça t'excitait, ces filles dans leur bocal ?

— Tu sais, balbutia-t-il. Tu sais...

De nouveau, son esprit fuyait. Il regarda Karen comme à travers un nuage de vapeur. Un peu de rose envahissait les joues de la jeune femme. Une fois de plus, il se dit qu'elle était très belle et que, si la vie n'avait pas été ce qu'elle avait été...

— Pauvre Robert, souffla-t-elle. Je te vois, le nez contre la vitre... Avec cette fille, de l'autre côté, en train d'écarter les pattes, de se mettre à genoux, de s'ouvrir...

— Qu'est-ce que tu as ? fit-il d'une voix hachée. Qu'est-ce qui te prend ?

C'était la première fois depuis bien longtemps qu'il l'entendait employer des expressions pareilles, si crues, si précises. Qu'il l'entendait, tout simplement, parler de *ça*.

— Regarde-moi, fit Karen soudain. Entre toi et moi, il n'y a pas cette vitre, même transparente. Je suis vivante, moi, ici même !

Elle avança la main et il se passa quelque chose qui était plus stupéfiant pour Lievin que si une armée de Martiens tout verts avaient débarqué dans la bibliothèque-bureau au milieu d'une lumière-laser extra-terrestre.

Elle le caressait timidement par-dessus son pantalon.

Il se sentit gonfler tout à coup, envahir la paume de Karen.

— Excuse-moi, fit-elle, toujours très maîtresse d'elle-même mais le visage complètement empourpré, ça m'excite de t'imaginer en train de perdre la tête, dans une de ces petites boîtes à voyeurs...

Elle le massait de plus en plus vite, l'enveloppant, appuyant, relâchant, sculptant de ses longs doigts fins sa virilité raidie encore prisonnière du pantalon.

— Karen, bafouilla-t-il, le sang bouillonnant dans sa tête. Tu ne veux pas que...

— Tais-toi, lâcha-t-elle. N'essaie pas de comprendre. Tout est devenu fou. OK ?

Elle retira sa main et il la sentit se coller de tout son long contre lui, épousant de son mont de Vénus la bosse de son ventre.

— Prends-moi, Robert ! cria-t-elle presque. Tu entends ? J'ai envie que tu me prennes. Là, tout de suite !

Lievin sentit sa chemise se coller de sueur. Les hanches jetées en avant, Karen souleva sa jupe à deux mains, la coinça sous ses coudes et arracha son slip en levant la jambe droite. Le slip dégringola et resta enroulé à sa jambe gauche en un mince chiffon sombre. Elle s'ouvrit, comme clouée au mur, contre le panneau de cerisier luisant, haletante, le ventre soulevé, avec la tache sombre, flamboyante de reflets rouges, de sa toison buissonnante au centre d'elle.

— Oui, oui, comme ça, cracha-t-elle quand il se précipita enfin, la soulevant et entreprenant d'essayer de l'empaler avec un ahanement sourd.

D'une main il écarta son intimité, plongeant des doigts dans le cratère fuligineux de son ventre. Puis il s'engouffra de tout son long, l'emplissant totalement. Avec le sentiment de franchir un nouveau palier dans l'univers de démence où il s'enfonçait, laissant derrière lui les derniers lambeaux de ce qui avait été sa vie jusque-là.

*
* *

Le second individu qui, vers 20 h 15, se sentit particulièrement concerné par les détails que donnait le présentateur du Journal d'Antenne 2 à propos de l'étrange message anonyme reçu le matin même par l'AFP, ce fut bien entendu Antoine Sotelo.

Le vieux truand faisait les cent pas dans son immense bureau du boulevard de Clichy. Il tournait en rond. Il faisait « l'ours » comme disait Lobo, le nain qui ne le lâchait jamais d'une semelle, en bonne âme damnée qu'il était.

— « Le Roi de Pigalle », grogna Sotelo, se bloquant au milieu du bric-à-brac en toc mais hors de prix qui encombrait le bureau, c'est qui, ça ? C'est moi, hein ?

Le nain aussi s'était immobilisé.

— Nom de Dieu, fit-il, on dirait qu'il y a un petit malin quelque part qui ne vous veut pas que du bien, Patron.

Les porte-flingues Bill et Gunther cuvaient toujours, au fond de la pièce, leur apathie.

— Le « Roi de Pigalle », répéta Sotelo sombrement.

Son visage massif se déchira soudain d'un rire caverneux.

— Si je suis le roi, alors tu es le bouffon, explosa-t-il. Le bouffon du roi. Tous les rois avaient des bouffons et ces bouffons étaient des nains !

Il fit jouer péniblement ses mains énormes dont les articulations commençaient de se déformer sous l'effet des rhumatismes.

— On va s'occuper de l'ordure qui s'est imaginé qu'il allait me faire tomber avec ça.

En même temps il carburait. Personne n'était au courant de ce qui s'était passé avec Cécile. A part Lobo, le nain, dont il était sûr comme de lui-même. Et ses deux porte-flingues, alias « Le Chagrin et la Pitié », qui s'étaient chargés de kidnapper Cécile et de l'amener boulevard de Clichy. Bill et Gunther n'auraient jamais pu rassembler à eux deux assez de neurones pour imaginer de balancer leur patron à la police.

— De toute façon, glapit le nain en le rattrapant, qu'est-ce qu'on a à se reprocher ? On a corrigé la fille, on l'a « marquée », c'est tout. On l'a pas tuée, merde !

Sotelo pivota.

— Ta gueule, siffla-t-il. Tuée ou pas, c'est tout comme. On l'a saignée et elle est morte. Comment ? Pourquoi ? J'en sais rien. Tu crois que s'ils me poissent, ils vont faire le détail ? Ça fait des années qu'ils n'arrivent pas à me coincer. Alors...

Son regard retomba du côté du canapé. Là, à plat ventre sur la fourrure de panthère noire, Gloria exhibait un postérieur superbe, une véritable merveille puisée tout à l'heure dans son cheptel de *show-girls*, les quinze ou vingt filles qui en permanence assuraient la rotation du spectacle du peep-show, en bas. Jamais plus de vingt ans, il était strict là-dessus. Le voyeur veut des corps neufs, comme vierges.

Gloria, comme ses copines, gagnait dix francs par passage. Dix francs pour une exhibition de trois minutes et demi. Entre ses apparitions, elle se reposait dans une sorte de loge reliée à la scène du peep-show par un étroit couloir. C'est là que le nain était allé la chercher, tout à l'heure, sur l'ordre de son maître. Sotelo faisait une énorme consommation de filles. Surtout dans ses moments de stress violent, quand il avait un souci particulier, une préoccupation, un problème à résoudre. Trois ou quatre coups, c'était une moyenne. Quelque fois plus. En général, les *show-girls* ne refusaient pas de monter chez le patron. Ça améliorait l'ordinaire. Elles redescendaient toujours avec un « cadeau ». Deux cents ou trois cents francs selon l'humeur. Et les exigences.

— Quel cul ! soupira Sotelo, en admiration.

Gloria faisait ce qu'il lui avait ordonné : la « morte ». Il adorait ça, que les filles ne bougent pas. Qu'elles se laissent faire, ne prennent aucune initiative. Gloria était particulièrement experte dans l'art de se transformer en une chose molle, malléable, inanimée, qu'il pouvait secouer dans tous les sens, prendre n'importe comment sans qu'elle ait la moindre réaction.

Il s'approcha, les yeux rivés au postérieur énorme qui s'épanouissait, formant un contraste étonnant avec la taille mince et comme étranglée.

— Minute, fit-il. On va faire ça dans les règles de l'art. Bébé, prépare-moi le terrain.

Bébé crapahuta sur la moquette or et s'accroupit entre les cuisses de la fille, minuscule entre les jambes de Gloria qui paraissaient celles d'une géante.

— Fais ça bien, fils, commanda Sotelo. Tu me la lubrifie comme il faut, dis ?

En même temps, il continuait de ruminer. Le « Roi du Vice de Pigalle » ! C'est vrai qu'il était une sorte de roi. Toute sa vie il avait vécu du sexe. Ça avait commencé en Algérie, avec les premières filles qui avaient tapiné pour améliorer l'ordinaire. Il y avait eu le grand passage à vide de l'exode, à la fin de la guerre, quand avec les autres pieds-noirs il avait fui son pays pour redémarrer à zéro en France. Et puis l'ascension avait commencé. Et il s'était mis, en éliminant des tas de vieux caïds qui avaient fait leur temps, à élargir son empire.

L'énorme tête prognathe du gnome avait disparu entre les cuisses de Gloria, toujours immobile à plat ventre. Bébé ouvrit un peu plus les fesses de la fille et se mit à lécher le profond sillon qui partageait sa croupe, pénétrant peu à peu dans son intimité brûlante, s'attardant longuement de la langue autour du bouton brun qui, au-dessus de son ventre, dessinait comme un minuscule puits de velours froncé et secret, s'y frayant un chemin progressivement.

— Ça suffit, grogna brutalement Sotelo. Tire-toi !

Sans ménagement, il repoussa le gnome qui dégringola du canapé tandis que son patron le remplaçait entre les cuisses de Gloria.

— On passe aux choses sérieuses, fit Sotelo entre ses dents.

Ses pognes énormes crochèrent dans la chair de satin rose des hanches de la jeune femme, et la soulevèrent tout entière comme une poupée inerte. Gloria, consciencieusement, se laissait faire. Muette, abandonnée. Elle fait « la morte », muscles relâchés, bras et jambes amollis, n'offrant pas davantage de résistance que si elle avait été évanouie. Il la secoua, de sorte que sa croupe se trouve à la hauteur de la hampe gonflée et rouge qui se dressait au milieu de lui. Puis, avec un grognement, il s'appuya contre elle, visant cet endroit où hommes et femmes présentent la même particularité. D'un coup de reins, il se précipita à l'abordage, fonçant là où Lobo venait de lui préparer un passage de la langue. Avec violence, il s'enfourna en elle, dans l'étroit orifice musculeux qui ne se rétracta même pas.

Invisible, visage contre le canapé, Gloria se mordait les lèvres pour ne pas crier. Ce qui lui défonçait les reins avec des secousses qui faisaient claquer le ventre de Sotelo contre ses fesses, c'était un véritable fer rouge, une barre impitoyable qui l'écartelait comme si elle allait s'ouvrir de tout son long.

Cinq minutes plus tard, Sotelo avait complètement retrouvé ses esprits. Gloria était redescendue, marchant lentement, douloureuse comme si on l'avait battue.

— Trouve-moi le téléphone du mickey qu'on a assommé, chez Cécile Aumont, ordonna Sotelo à l'adresse du nain. On va lui faire une petite surprise.

Il s'étira.

— Ensuite, je dîne, ajouta-t-il. Chaque chose en son temps.

*
* *

La « surprise » arriva, rue Barbey-de-Jouy vers 21 h 30, sous la forme d'un coup de téléphone.

— Madame Lievin ?

— Oui ? répondit Karen qui reprenait ses esprits, après un orgasme à réveiller tout l'ancien hôtel particulier où ils habitaient.

— Votre mari n'est pas sérieux ? reprit la voix. Il a pris des risques et il va le regretter. C'est pas bien d'être une balance.

Il y eut un ricanement au bout du fil.

— Heureusement il a une jolie femme. Ça compense. Nous, on saura s'en contenter. Comme dédommagement.

— Mais... commença Karen, le cœur vidé brusquement de son sang.

Elle entendit un déclic. On avait raccroché.

*
* *

Sotelo tourna lentement sa nuque de brute vers les porte-flingues apathiques.

— A vous de jouer, murmura-t-il. Vous savez ce que vous avez à faire, hein ? Cette bonne femme finira bien par sortir de chez elle...

Il sourit, épanoui.

— Voilà une affaire qui roule. J'ai faim, maintenant.

Lobo galopa vers l'interphone. Le personnel du Sex-Service — rien que des Vietnamiens — comprenait une cuisinière qui préparait à merveille le sauté de veau, la barbue béarnaise ou la côte de bœuf poëlée aux échalottes. Pour une Viêt, ça prouvait des talents d'adaptation encore plus fantastiques que son génie culinaire naturel.

Sotelo soupira. Ce n'était pas parce qu'il avait quelques petits ennuis qu'il devait se laisser aller.

CHAPITRE VIII

L'inspecteur divisionnaire Boris Corentin n'eut même pas besoin de terminer le geste qu'il esquissait pour sortir d'une poche intérieure de sa parka sa plaque de police.

— Les flics, fit la concierge avec un fort accent espagnol, je commence à les renifler de loin. Depuis le début de la journée, j'ai mon *overdose* de flics, vous savez ? Qu'est-ce que vous voulez encore ?

Boris Corentin planta ses yeux dans les siens.

— Policier, fit-il sèchement. Pas flic.

— Et alors ? glapit la concierge. Ça ne me dit pas ce que vous voulez !

Il fit un pas dans la loge de cet immeuble de la rue des Fossés-Saint-Marcel où Cécile avait vécu et était morte.

— Revoir l'appartement, fit-il.

— Ça ne va pas, non ? Vous n'avez pas assez fouillé, vous ou vos collègues, depuis ce matin ?

— Mes collègues sont peut-être satisfaits. Pas moi. Pas encore.

L'Espagnole le fusilla du regard.

— J'ai été obligée de renettoyer tout l'escalier. Avec vos chaussures mouillées, vous aviez tout cochonné. Et puis, vous savez l'heure qu'il est ? Presque dix heures du soir. Ça va pas, la tête, de déranger les gens quand ils vont se coucher ?

Boris la regarda. Surpris de la découvrir jolie, finalement, derrière ses réactions de virago d'au-delà des Pyrénées.

— Dommage, sourit-il.

— Dommage que quoi ?

— Dommage que je ne vous aie pas tiré du lit. En chemise de nuit, je veux dire...

Une lueur passa dans les prunelles noires de l'Espagnole. Il avait un sacré culot par-dessus le marché il était beau. Comme un dieu. Ou plutôt : comme Alain Delon, son acteur préféré. A la différence près des cheveux : bouclés chez ce flic entêté, alors qu'ils étaient plats et lisses chez le célèbre acteur français.

— Vous avez de la chance que mon mari ne soit pas là, soupira-t-elle en rajustant son chignon, ce qui eut pour effet de soulever ses bras, dévoilant en même temps le duvet sombre de ses aisselles où brillaient de minuscules gouttes de sueur. Il est routier, il ne rentre qu'après-demain matin.

Il la regarda. Appétissante, avec une bouche gonflée et des yeux très bleus — rares pour une fille très brune.

— Autrement dit, fit-il, nous sommes seuls ? J'ai pigé où je suis idiot ?

Elle le dévisagea.

— Ça dépend. Pour quoi faire ?

L'enquête venait de prendre brusquement un virage à la corde imprévu. Mais Boris se dit qu'il ne fallait pas rater les occasions, quand la vie vous tendait les bras.

— Vous avez bien une idée ? interrogea-t-il.

Elle passa une langue pointue sur sa lèvre supérieure.

— Vous avez encore plus de culot que je ne l'imaginais, souffla-t-elle.

Il était contre elle, maintenant, dans la loge. Du pied il referma la porte.

— C'est bien vous qui m'avez informé de l'absence de votre mari, non ?

— Et si quelqu'un venait ? lâcha-t-elle en rougissant.

— Vous voulez qu'on éteigne la lumière ? demanda-t-il. Comme ça, on pensera que la concierge est partie au cinéma...

Sa bouche était tout près de celle de l'Espagnole. Leurs lèvres s'effleurèrent.

— Dire que je n'ai même pas le recours d'appeler la police, soupira-t-elle tandis qu'elle se plaquait contre lui et que sa langue commençait à visiter son palais fougueusement.

*
* *

Finalement, ils n'avaient pas éteint la lumière et Manuela — c'était comme ça que se prénommait la concierge — avait préféré rester habillée. Toujours la crainte que « quelqu'un vienne ». Seulement, elle avait prestement ôté son slip et elle ne portait plus rien sous sa jupe noire très courte. Rien qu'une fourrure sombre intime, épaisse et moite, qui tenait à merveille les promesses des aisselles, tout à l'heure.

— Reste assis, fit-elle d'une voix sourde. Attends. Voilà...

Corentin était installé dans un rocking-chair à dossier cannelé. Manuela retroussa sa jupe et vint s'asseoir sur lui, ses jambes plutôt potelées épanouies de part et d'autre des siennes, ouvertes au-dessus de lui. Elle se mit à onduler du bassin très lentement.

Boris sentit les lèvres de la jeune femme qui glissaient le long de lui en un massage affolant. Il plaqua les mains sur ses fesses nues et s'empala, déclenchant une série de grognements qui montaient directement du ventre de Manuela.

— Oh ! oui, oui, se mit-elle à roucouler en agitant sa croupe dans une danse de plus en plus frénétique. *Venga ! Venga !*

Il ferma les yeux. Avalé littéralement par une bouche secrète qui semblait doué de mouvements autonomes. Une succion incroyable contre laquelle il dut se mettre à lutter, se vidant le cerveau pour ne pas exploser trop vite en elle.

*
* *

Le silence dans lequel baignait l'appartement de Cécile Aumont donna à Boris Corentin l'impression de violer l'intimité de la morte. Il avança à pas lents sur la moquette, cherchant ici ou là, des yeux, le détail qui aurait pu lui échapper la première fois.

— Elle recevait beaucoup ? interrogea-t-il, virant vers l'Espagnole qui l'avait suivi.

Manuela secoua ses boucles brunes.

— Seulement ses élèves, fit-elle. Enfin, celles à qui elle donnait des cours particuliers. Jamais plus de deux ou trois par an, il me semble. Ça se passait là-haut. Dans le grenier qu'elle avait aménagé en studio.

— Je sais, fit Corentin.

Il s'était accroupi, dans le living, devant un impressionnant alignement de disques. De la musique classique surtout. Des musiques de ballets aussi, bien entendu. Enormément d'opéras aussi. *La flûte enchantée, Don Juan, Fidelio...*

— Vous vous souvenez des élèves ? questionna-t-il. Je veux dire : leur allure, leur âge... Enfin, leur signalement...

La concierge haussa les épaules.

— Des filles d'une vingtaine d'années. Genre étudiantes assez friquées... Rien de particulier.

Machinalement, Boris tirait à lui un disque ou l'autre. Distrait.

— Il y en a une dont je me souviens quand même un peu, reprit Manuela derrière lui. Parce qu'elle semblait plus jeune que les autres. Mais déjà très... Comment dire ? Très femme. Très...

— Sexy.

— Terriblement. Une fille brune. Avec des longs cheveux noirs. Encore plus noirs que les miens.

— Quel âge ?

— Très jeune. Seize ans peut-être. Elle venait souvent, elle. Trois fois par semaine au moins.

L'index de Corentin se bloqua entre deux disques, brusquement.

Il venait d'effleurer quelque chose qui n'avait pas la rigidité d'une pochette de 33 tours. Rapidement, il tira l'objet à lui. Une revue. Il la feuilleta et la referma précipitamment. Il en avait assez vu pour deviner de quoi il s'agissait. Une publication hollandaise d'une pornographie absolue. Et qui montrait des femmes, bien sûr, mais des femmes entre elles. Et en pleine activité. En duo, en trio, à quatre ou cinq aussi parfois. Et qui se faisaient ce que des femmes peuvent se faire avec ou sans accessoires. Quoique hollandaise, la revue portait un titre anglais : *Wet Dream* (1).

Du coin de l'œil, il s'assura que Manuela ne la voyait pas et enfouit dans une des poches intérieur de sa parka la revue porno.

— Une très belle fille, continuait Manuela. Du genre qui n'a pas l'intention de passer sa vie derrière une machine à écrire ou un aspirateur, si vous voyez ce que je veux dire...

Boris allait se relever lorsqu'il vit quelque chose par terre. Un rectangle de carton de couleur rouge. Ses yeux enregistrèrent ce qui était imprimé dessus. *L'embarquement pour Lesbos.* Une boîte de nuit de Pigalle. Un club privé. Très privé : exclusivement féminin. Au verso, un numéro de membre adhérent du club était imprimé. Ainsi que le nom et l'adresse de Cécile.

Il se releva.

La brochure porno lesbienne. Les jeunes et jolies élèves triées sur le volet. La carte d'une boîte de nuit pour homosexuelles... A défaut du nom de son assassin, le portrait de Cécile Aumont commençait à se dessiner.

(1) Rêve humide, ou mouillé.

Pas tout à fait n'importe qui, la jeune chorégraphe pleine de talent...

— Elle ne recevait pas d'hommes ? fit-il en se rapprochant de Manuela.

Celle-ci sourit.

— C'est même ce qui m'étonnait le plus, répondit-elle. Pas d'hommes, non. A ma connaissance, aucun.

Elle se frotta doucement contre Boris.

— Moi, je ne pourrais pas...

— J'ai cru comprendre, ironisa Corentin.

— Plains-toi, le tutoya soudain Manuela en glissant lentement pour s'agenouiller, le visage à la hauteur de son ventre.

L'instant d'après, sous les boucles noires de l'Espagnole qui lui balayaient le nombril, il y avait une bouche qui s'activait et une langue qui s'enroulait contre lui, faisant brusquement monter la température ambiante à des degrés caniculaires.

*
* *

Entre les grilles dorées qui fermaient la cour de l'ancien hôtel particulier de la rue Barbey-de-Jouy, Karen Lievin stoppa l'Alfa Romeo.

— Tu es sûr qu'on ne fait pas une bêtise ? interrogea-t-elle par la portière en regardant son mari.

— Je ne vois pas d'autre solution, murmura le PDG. Tu es menacée, le message était clair, non ?

Ils avaient retourné le problème pendant deux heures, avant d'en arriver à cette décision. C'est Lievin qui avait tranché. Puisqu'ils étaient tombés, par sa faute à lui, dans une histoire de fous, Karen devait échapper coûte que coûte aux éventuelles représailles de leur correspondant inconnu.

Il avait réussi à la persuader de partir pour Nice, où la mère de Karen possédait une villa.

— Le temps que tout ça se tasse, reprit Lievin, il vaut mieux que tu sois absente...

Karen posa la main droite sur celle de son mari.

— Sois prudent, murmura-t-elle.

Elle le regarda, avec d'étranges sentiments qui ne l'avaient pas visitée depuis des années.

— J'ai peur pour toi, fit-elle encore.

Lievin se voûta.

— Si on s'en sort..., murmura-t-il.

— Chut, fit Karen. Laisse faire le temps. Tout ça est si bizarre, si imprévu...

Ses yeux s'embuèrent.

— On a déjà perdu tellement d'années, bêtement... On peut perdre encore quelques jours, hein ?

L'instant d'après, l'Alfa redémarrait dans la rue Barbey-de-Jouy, et Lievin regagnait lentement le perron de l'immeuble.

Quand il fut disparu, une 504 noire décolla lentement du trottoir, tous feux éteints, et commença à rouler dans la même direction que l'Alfa pilotée par Karen.

*
* *

Juste avant la porte d'Orléans, l'Alfa Romeo grise obliqua sur la droite et s'arrêta dans une station-servive pour faire le plein d'essence. Il était presque minuit et la pluie s'était remise à tomber, poussant ses paquets d'embruns sous l'effet du vent glacial.

Karen remonta le col de son imperméable et courut vers le bureau du pompiste pour y rédiger son chèque à l'abri des intempéries.

Elle ne vit pas l'ombre massive qui s'approchait de l'Alfa, se penchait et, à l'aide d'un poinçon d'acier, perçait profondément le pneu arrière gauche de sa voiture.

Elle redémarra en trombe et vira en direction des panneaux qui indiquaient l'Autoroute A 6. Celle qui conduit à la Côte d'Azur.

*
* *

Les deux armoires à glace qui occupaient la 504 noire n'avaient pas grand-chose dans la cervelle. Mais quand Sotelo avait réussi à y loger un ordre, il était sûr qu'il serait accompli au doigt et à l'œil. Avec Bill et Gunther, Sotelo vivait à l'heure de la robotisation anticipée. Et totale.

Cent mètres devant eux, l'Alfa conduite par Karen amorçait un décrochement pour doubler un énorme Berliet qui soulevait des gerbes d'eau deux fois hautes comme lui, lorsque la conductrice sentit que quelque chose clochait dans la direction de sa voiture.

Prudemment elle se rabattit et commença à rétrograder.

— Ça y est, fit l'un des deux porte-flingues de Sotelo dans la 504.

— Oui, fit l'autre, ça y est.

C'était les premiers mots qu'ils prononçaient depuis qu'ils étaient partis en mission. Qu'est-ce qu'ils auraient pu se dire, d'ailleurs ? Il faut penser quelque chose pour parler. Chez eux, ce qu'il y avait de remarquable, c'était qu'ils ne pensaient jamais à rien.

La chaussée de l'autoroute s'était brusquement métamorphosée comme si des nids-de-poule s'y étaient creusés rien que pour elle, pensa d'abord Karen. Puis elle comprit assez vite de quoi il s'agissait et mit son clignotant sur la droite.

Dans la nuit éclaboussée par les phares des rares voitures qui filaient en direction du sud, Karen resta quelques secondes immobiles devant le pneu arrière de l'Alfa. Découragée.

— Au boulot, ma vieille, se secoua-t-elle.

Elle contourna le véhicule, ouvrit le coffre et en retira une manivelle.

Elle s'arrêta parce que deux silhouettes s'approchaient d'elle. Elle redressa un visage que balayait brutalement la pluie. Prête à exprimer une reconnaissance infinie pour l'aide qu'on voulait bien lui apporter.

Mais Bill et Gunther n'avaient jamais entendu dire

qu'on doit être galant avec les dames. D'ailleurs, comment l'être quand on a la main droite embarrassée par un colt 45 pour Bill et un 357 Magnum pour Gunther ?

Karen n'avait pas besoin qu'ils s'expliquent pour deviner qu'ils n'étaient pas là pour l'aider à changer sa roue.

— Venez, articula Bill en agitant son arme.

— Venez, répéta Gunther à court d'imagination.

La pluie collait les cheveux de Karen autour de son visage. Une vague de colère la prit et elle balança la manivelle qu'elle tenait toujours dans la main droite en direction du tibia d'une des deux brutes. Le plus sauvagement qu'elle put.

Gunther poussa un hurlement bref et Bill s'affola. Une bonne femme qui réagit comme ça, c'était du jamais vu, dans son monde.

— Pourquoi vous lui faites mal ? cria-t-il en appliquant le canon de son colt 45 contre la joue de Karen.

Celle-ci jugea la question trop idiote pour y répondre. Poussée par Bill, elle se laissa conduire vers la 504 noire arrêtée dix mètres derrière l'Alfa. Etonnée de ne même pas avoir peur.

L'autre les suivit en boitant. Après avoir ramassé son 357 Magnum tombé à terre.

*
* *

Deux heures plus tard, la sonnerie du téléphone vint cisailler les nerfs de Robert Lievin qui émergea des draps entortillés où il avait fini par trouver une sorte de sommeil comateux.

— C'est toi, la balance ? Ta femme est entre nos mains. Ce serait dommage pour sa santé que tu préviennes la police...

La gorge asséchée, Lievin murmura d'une voix tremblante :

— Pourquoi ? Mais pourquoi ? Qui êtes-vous ?

— Au fait, fit l'autre comme s'il n'avait pas entendu, tu retrouveras ta voiture sur l'autoroute, si tu y tiens vraiment. Avant la sortie d'Ury. A moins qu'elle ne soit déjà en fourrière, évidemment...

Puis ce fut le déclic et la tonalité qui résonnait dans l'infini vide.

Lievin s'extirpa du lit couvert de sueur. Karen était aux mains d'inconnus qui n'avaient même pas l'air de vouloir lui demander de rançon. Autant imaginer qu'on les amadouerait en leur offrant un sac de bonbons... Karen était prisonnière et les motifs de toute cette histoire lui échappaient complètement. Ce qu'il savait seulement, c'est qu'il était à l'origine de tout ça. Lui uniquement. Responsable à cent pour cent.

Il s'habilla à toute allure puis mit un quart d'heure, au téléphone, à trouver un taxi disponible. Et ensuite encore dix bonnes minutes à convaincre le chauffeur de le conduire jusqu'à un certain point de l'Autoroute du Sud situé juste avant Ury.

— Je rentre chez moi, répétait le chauffeur buté. Chez moi, c'est à Suresnes. Pas sur l'Autoroute du Sud.

— Je vous paye le retour évidemment, se battait Lievin. Et même, si vous voulez un dédommagement...

— C'est pas la question objectait le chauffeur inébranlable. Je rentre à Suresnes, moi, ma nuit est finie.

Lievin l'eut quand même à l'usure. Au passage, évidemment, les enchères étaient montées. Le chauffeur du diesel avait de quoi se payer une bonne semaine de vacances rien qu'avec ce que Lievin lui laissa comme pourboire lorsqu'ils furent arrivés à hauteur de l'Alfa 90 abandonnée sur la bande d'urgence de l'autoroute.

— N'empêche que c'est une idée originale, de laisser sa bagnole comme ça en pleine campagne. Vous jouez à un jeu, ou quoi ? grogna le taxi.

— Si on vous le demande, vous savez ce que vous direz ? coupa sèchement Lievin qui apercevait vaguement dans la nuit le pneu crevé de sa voiture.

Le chauffeur n'osa pas insister. Il nota quand même à

tout hasard le numéro de l'Alfa. Une petite merveille à injection électronique comme il en rêvait. Pour le numéro, on ne savait jamais. Il avait lu pas mal de « polars » où le tueur est retrouvé grâce à un taxi malin à la mémoire longue. Lui, ça ne lui était jamais arrivé, que la police fasse appel à lui en trente ans de taxi. Et en un sens, ça le frustrait énormément. Il était comme tout le monde : avide de jouer un rôle.

*
* *

Boris Corentin reposa le combiné téléphonique et examina machinalement la traînée de peinture blanche laissée sur l'un des carreaux de la fenêtre de son studio de la rue de Turbigo par les peintres, quand il avait tout fait remettre à neuf, il y avait déjà un certain temps, à la suite d'un attentat où il avait failli laisser sa peau (1). Il en avait réchappé mais son décor familier avait été complètement volatilisé. Depuis, il l'avait tant bien que mal reconstitué : le fauteuil Voltaire, la chaîne hi-fi, le lit, la commode sans style et sans âge... le décor presque anonyme de sa tanière de célibataire plus qu'endurci.

— Sacré Mémé, pensa-t-il en souriant.

Aimé Brichot venait de l'appeler en pleine nuit, histoire de faire le point pour pouvoir dormir sans avoir de reproches à se faire côté professionnel.

— Ça fait des heures que je m'escrime sur le téléphone, avait expliqué Aimé. Tu tirais encore ton coup, ou quoi ?

— Mémé, avait fait Corentin estomaqué. Tu crois que c'est un langage de père de famille ?

— Passe la main, répondit Aimé Brichot. De toute façon on n'est pas mariés, alors tu t'envoies qui tu veux... Maintenant, si tu permets, on récapitule ?

Brichot expliqua à Corentin ce qu'il avait appris à l'Institut médico-légal concernant la prédisposition de

(1) Voir BM n° 45 « La Danse des couteaux ».

Cécile Aumont à une forme extrêmement rare d'hémophilie.

— Il fallait que ça tombe sur elle : une hémophile du sexe féminin, ça ne doit pas courir les rues, si tu penses que déjà l'hémophilie masculine, c'est-à-dire « normale », est extrêmement rare. Deux personnes pour cent mille habitants aux Etats-Unis, par exemple.

— Ça c'est ce que j'appelle de la documentation, apprécia Corentin.

— Faut ce qu'il faut, murmura Brichot. Les hémophiles féminines, rarissimes, naissent de l'union d'un homme hémophile avec une femme « conductrice » de l'hémophilie. Tu piges ? Une chance sur des millions de se trouver dans un cas pareil. C'est pourtant ce qui est arrivé à Cécile Aumont...

— Ce qui signifie qu'elle est morte d'hémorragie ? Pas de ses blessures proprement dites...

— Tu comprends vite, ça fait plaisir.

— Ça signifie aussi que son assassin ne l'est peut-être devenu que par accident ?

— Je vois que tu me reçois cinq sur cinq, dit Brichot. Dans cette perspective, les blessures qu'elle a reçues s'apparenteraient à une volonté de la « marquer », comme le font souvent les truands, tu sais, les proxénètes, avec leurs protégées... Un truc de ce genre en tout cas. A mon avis, son amant...

— Amant ?

— Le type avec lequel elle a eu des rapports sexuels, la nuit de sa mort...

Boris l'interrompit.

— Moi aussi j'ai appris des choses. Elle n'a pas fait l'amour, Mémé. Elle aurait plutôt été violée que ça ne m'étonnerait pas.

— Minute, coupa Brichot. J'aime bien comprendre. Tu expliques ou tu joues solo ?

Corentin lui raconta ses deux trouvailles, dans l'appartement de la morte. La revue porno hollandaise, *Wet Dream*, une publication strictement lesbienne. Et la carte de ce club de Pigalle. Lesbien lui aussi : *L'Embarquement pour Lesbos.*

— Bon, fit Brichot. L'assassinée était lesbienne, chorégraphe, hémophile, et elle a été violée avant d'être « marquée » au couteau par quelqu'un qui n'avait probablement pas l'intention de la tuer, plutôt de la punir de quelque chose. D'autre part elle fréquentait une boîte de lesbiennes de Pigalle, et ça me fait penser à l'appel téléphonique d'hier matin, à propos d'un certain « Roi du Vice de Pigalle »...

— Exact. Tout ça se tient plus ou moins. Mais il y a encore des trous. J'aimerais bien rencontrer par exemple les élèves de Cécile Aumont, celles à qui elle donnait des cours de danse particuliers. Il y a aussi un truc qui me chiffonne. Je ne sais pas bien où ça pourra nous mener, mais au point où on en est, on ne peut pas se payer le luxe de négliger les détails...

Il voulait parler de l'emballage de film trouvé sur la verrière du studio de Cécile Aumont, à l'extérieur, côté toit ; 1000 asa. Du matériel de professionnel. Quelqu'un qui aurait joué les funambules pour photographier Cécile Aumont dans ses exercices, à la barre ?

— Ce n'est pas un peu tiré par les cheveux ? hasarda Brichot.

— Je sais, avoua Corentin. Mais on fait avec ce qu'on a. Et puis la réalité, est-ce qu'elle ne l'est pas, parfois, tirée par les cheveux ? L'hémophilie de Cécile Aumont, par exemple, tu y aurais pensé, toi ?

Brichot dut avouer que non et, après quelques considérations, ils raccrochèrent.

Boris tourna en rond dans son studio pendant un quart d'heure en fumant des Gallias. Remuant dans sa tête tout ce qu'il savait de l'affaire. A force, ça faisait un cocktail de plus en plus vaseux. Il était en train de se dire qu'il perdrait moins son temps en se couchant, lorsque la sonnerie du téléphone le fit sursauter.

— On dort ? fit une voix féminine.

— Si on dormait, on ne dort plus, répliqua Boris en

reconnaissant, à l'accent, l'Espagnole qui occupait la loge de l'immeuble où avait vécu Cécile Aumont.

— Un carnet d'adresses ayant appartenu à la locataire du quatrième, je veux dire Cécile Aumont. Ça t'intéresse ? Je livre à domicile, si tu veux...

— Il serait entré en ta possession comment ?

Il y eut un petit rire au bout du fil.

— Vous êtes marrants, les policiers... Vous croyez qu'il n'y a que vous pour savoir faire des perquisitions. Hier matin, quand la femme de ménage a découvert le corps, elle m'a appelée. Je suis tombée sur ce carnet et je l'ai pris. C'est tout.

— Pourquoi ne pas l'avoir donné à mes collègues, hier ? Ceux de la Criminelle ?

— Je n'aime pas parler avec les flics. Sauf les très bruns, très grands et très musclés, avec une très grosse...

Prononcé avec l'accent espagnol, le mot était d'une obscénité encore plus flamboyante.

— Alors on fait un échange ? reprit-elle.

— Echange ?

— La nuit ensemble contre le carnet.

Corentin rebroussa ses cheveux.

— La nuit, d'accord. Mais pas comme tu penses... J'ai besoin d'une partenaire et tu tombes pile.

— Partenaire de quoi ?

— Pour aller dans une boîte ? Mais spéciale. Un truc pour lesbiennes à Pigalle. Tu t'en ressens ?

Il y eut un rire de gorge à l'autre bout du fil.

— J'arrive, fit Manuela.

Boris Corentin raccrocha. L'enquête allait peut-être, cette nuit, passer à la vitesse supérieure.

CHAPITRE IX

Boris Corentin retint son souffle avant de plonger. D'en bas, montaient par vagues lourdes des nuages invisibles de parfum. C'était ce qui frappait dès que la porte de *l'Embarquement pour Lesbos* s'ouvrait : un mélange fuligineux d'effluves féminines confondues. Des odeurs voluptueuses luttant les unes contre les autres, celles qui tiraient du côté cuir, celles qui avaient des tonalités ambrées, les épicées, les fruitées, les charnelles. De l'Hermès, du Rochas, du Chanel... Le tout comme mélangé dans une marmite d'enfer, en bas de la volée des marches conduisant à la boîte proprement dite où ronflait en continu une musique tonitruante.

— J'ai l'impression que vous vous êtes trompés d'adresse, grogna une voix rauque dans la pénombre.

Ici le videur était une videuse, bien entendu. Presque de la même taille que Corentin. Smoking pailleté, cravate nœud papillon. Des cheveux noirs ultra-courts effilés au rasoir autour d'un visage dilaté et, somme toute, plutôt hostile.

— Etrangers ? reprit-elle en mâchouillant son cigarillo. Touristes ?

Elle allait les virer en leur indiquant l'adresse de la boîte de strip ou du live-show le plus proche. Ça ne manquait pas, à Pigalle...

— Je suis une amie de Cécile Aumont, bondit Manuela. Lui, c'est mon frère... Il est à Paris pour quelques jours. Il vient de province...

Ils avaient répété leur petit numéro dans le taxi. Pendant que Boris feuilletait le carnet d'adresses de Cécile. Rien de saillant à première vue. Il allait falloir contacter les noms qui figuraient dans le carnet et ça prendrait du temps. Pour un bénéfice hypothétique, d'ailleurs. A un moment, Manuela avait murmuré :

— Je me demande s'il ne s'agit pas d'un vieux carnet d'adresses, et si Cécile Aumont n'en avait pas un autre, plus récent et à jour... Ce qui me fait dire ça, c'est qu'il y a trois semaines son téléphone était en dérangement et elle est venue passer un coup de fil dans la loge. Elle a sorti un agenda en cuir noir tout neuf qui n'avait rien à voir avec celui-là.

Si Manuela ne se trompait pas, le carnet que Boris avait en main — cartonné avec couverture en papier reliure — serait probablement inutile. L'autre, le récent, où figuraient sans doute des adresses beaucoup plus compromettantes, avait en tout cas disparu. Si la Brigade Criminelle l'avait découvert et placé, selon la règle, sous scellé ouvert, Boris l'aurait su par Vasagnac, son collègue de la Crime, avec qui il avait repris contact dans la soirée. Or, Vasagnac n'avait parlé de rien. Ça signifiait que le carnet s'était volatilisé avant l'arrivée des inspecteurs de la Criminelle. Et qu'on avait peu de chances de le retrouver si on ne découvrait pas l'assassin (volontaire ou pas) de Cécile. Ce qui revenait d'ailleurs à dire qu'à ce moment-là, le carnet en question serait inutile. Sauf pour confirmation de ce qu'on saurait alors déjà...

— Vous pouvez bien laisser mon frère entrer, il m'accompagne, répéta Manuela un rien suppliante en se rapprochant du cerbère féminin à épaules de fort des Halles.

— Vous avez la carte du Club ?

— Cécile m'a prêté la sienne, fit Manuela, exhibant

la carte trouvée par Corentin quelques heures auparavant dans l'appartement de la morte.

La videuse examina la carte puis la rendit à Manuela.

— Ça va, fit-elle. On n'admet les mecs qu'accompagnés et recommandés. Cécile, c'est une recommandation qui marche. Vous avez de la chance...

Manuela jeta un coup d'œil à Corentin et le précéda dans l'escalier. Sa robe bustier en panne de velours argenté la moulait comme un collant, faisant ressortir sa croupe magnifique dont Boris avait déjà pu apprécier les rondeurs, ainsi que ses seins lourds et son ventre bombé juste ce qu'il fallait. De quoi faire bouillonner la cocote-minute intime du policier hyper-hétéro en excursion nocturne dans l'univers homo féminin...

— Elles ont changé, les concierges, depuis Pauline Carton, hein ? questionna Manuela en riant à mi-course de l'escalier.

Boris la regarda, soufflé. Manuela avait mis ce qu'elle avait de plus chic pour aller en boîte. Sa panoplie pour sorties secrètes, lui avait-elle confié, quand son routier de mari sillonnait les autoroutes, bercé par les ronflements de son trente tonnes et ses parfums de fuel gras.

— N'oublie pas que je suis ton frère, lui lança-t-il en riant.

Elle vira sur elle-même et sa main droite enveloppa un instant quelque chose qui, au centre de Boris Corentin, ne demandait visiblement qu'à croître et embellir.

— Et alors ? fit-elle. Tu es contre l'inceste ?

Ils étaient presque en bas, maintenant, et la chaleur qui régnait transformait le club en fournaise. *L'Embarquement pour Lesbos* occupait le rez-de-chaussée et les caves d'un immeuble Second Empire de la rue Fontaine, presque en face de la place Blanche, son petit jet d'eau, sa station de métro entourée de bistrots et ses tapineuses auxquelles on ne peut même plus se fier puisque la plupart portent sous leurs mini-jupes de cuir de quoi présenter les armes, comme on dit, d'une façon qui, la plupart du temps, reste extrêmement honorable. Après avoir pendant des dizaines d'années abrité les emmenthals et les chavignols d'un fromager de Pigalle, la cave en question était devenue dans les années 70 un café-théâtre porno où les « acteurs » s'enfilaient à longueur de soirée dans des postures que la morale de l'époque commençait de ne même plus avoir le courage de réprouver. Puis le café-théâtre s'était transformé en restaurant thaïlandais, en boîte pour rockers, en discothèque spécialisée dans le salsa, en sous-sol pour expos d'avant-garde d'une boutique *high-tech* de prêt-à-porter, et enfin de nouveau en boîte de nuit. Mais cette fois réservée aux prêtresses de ce culte minoritaire mais agissant que certaines femmes rendent avec ferveur à leur propre sexe...

— Bon Dieu, lâcha Boris à voix basse. C'est Gomorrhe !

— C'est quoi ? interrogea l'Espagnole, visiblement peu habituée aux allusions bibliques.

Corentin renonça à lui expliquer comment, dans l'Ancien Testament, Dieu punit la ville de Gomorrhe, la cité des femmes maudites, en l'écrasant sous une pluie de feu en même temps que Sodome, la ville des homos mâles...

Ils se glissèrent dans l'obscurité, cherchant presque à tâtons un endroit où s'asseoir. Ils aperçurent un box vide avec une minuscule petite table où tremblait la flamme d'une bougie. Le décor, à demi plongé dans la pénombre, présentait toutes les variations du mauve et du violet. Avec des raffinements et des délicatesses qu'on ne trouve pas dans les boîtes où domine le sexe masculin. Par exemple, le plafond du sous-sol avait été trafiqué et transformé en une sorte de serre suspendue séparée de la salle par une dalle de verre. Des spots étaient disposés à travers les feuillages des plantes tropicales, et l'ensemble constituait un véritable puits de lumière sourde et de verdure éclatante par-dessus le public.

Pour ce qui concernait ce dernier, il fallait un peu de temps, afin de s'habituer à l'obscurité, avant de commencer à pouvoir détailler les silhouettes, ici et là, installées sur les banquettes ou les coussins autour de la piste de danse. On voyait encore mal les visages. On devinait les mouvements. Lentes reptations, caresses, frôlements, bouches qui s'effleuraient, se rencontraient, s'écrasaient l'une contre l'autre. Mains qui se cherchaient, se prenaient, glissaient sous des robes, remontaient sous des corsages. Dans un espace aussi étouffant, avec des parfums aussi capiteux qui renchérissaient les uns sur les autres, Boris se dit qu'heureusement il n'était pas claustrophobe. Restait à savoir si toutes ces filles, toutes ces créatures qu'au siècle dernier on aurait appelé des « femmes damnées », n'étaient pas trop « virilophobes », elles...

— Tu ne flippes pas trop ? interrogea Manuela que dix ans de vie parisienne dans des loges aussi nombreuses que variées avait branchée sur le vocabulaire dans le vent.

— Ça ira, fit Corentin en s'asseyant près d'elle. C'est un peu le supplice de Tantale. Mais je sais me contrôler...

— Muffle, souffla l'Espagnole en collant sa cuisse épanouie contre celle de l'inspecteur divisionnaire. Je ne te suffis pas, alors ? Il te les faut toutes, hein ?

Heureusement qu'on ne faisait pas trop attention à eux. Manuela venait de descendre la fermeture éclair du pantalon de Boris et, de ses longs doigts un peu tremblants, le caressait sous la table avec une insistance de moins en moins discrète.

— Si ça continue, fit-il, on va se faire virer pour attentat à la pudeur. Chez les homos, ce genre de trucs entre femmes et hommes, c'est l'obscénité complète...

Manuela continuait à remuer de la main, sous la petite table basse.

— Il y a d'autres types, constata-t-elle d'un regard circulaire.

Boris essaya de prendre l'air le plus naturel qu'il put en faisant tinter dans son verre les glaçons de la vodka Eristoff frappée qu'il avait commandée. Pour Manuela c'était du champagne rosé. La jeune femme avait décidé de s'offrir des souvenirs inoubliables, cette nuit. A la comptabilité du quai des Orfèvres, au moment de vérifier les « bons roses » (1) de l'inspecteur Corentin, on frôlerait sûrement la crise cardiaque.

— J'ai vu, fit-il. Pas très mâles, tu avoueras.

Beaucoup moins « mâles » en tout cas que la plupart des femmes qui roulaient les unes contre les autres, sur les banquettes mauves, dans la lumière sourde et chaude de la boîte. Quelques minets à moustache dansaient, les yeux fermés, derrières serrés dans des pantalons sans poches pour mieux coller. Des gays évidemment. Le lobby homo sait se tenir les coudes. Et puis, une réunion de femmes sans son contingent d'hommes pour rappeler la différence et se sentir encore mieux entre femmes, ça manquerait de piment...

— En tout cas, tu n'as pas tellement le genre de la maison, fit Manuela en regardant le compagnon musculeux et athlétique dont elle s'entêtait à tourmenter du bout des doigts les attributs virils.

La musique des baffles crachait maintenant une succession de tangos-béguines de Ramuncho Matta. Avalanche de congas sourdes et profondes, stridences des guitares, paroles de Brion Gysin, l'un des « papes » de la *beat generation* des années 50...

« *Junk is no good baby. No good baby is junk. No junk baby is good. Good junk is no baby. Baby junk is no good. No good, no good...* »

— Ta main, fit brusquement Boris entre ses dents.

— Quoi ?

— Ta main. Retire-la.

Après les coups de massue de Ramuncho Matta, un

(1) Bons de caisse de couleur rose servant à indemniser certains frais d'enquête.

slow commençait à s'étirer. Comme portée sur la musique langoureuse, une longue gouine maigre à épaules d'homme et en pantalon fuseau de crêpe, pull noir col roulé et chaussures vernies, s'approcha d'eux.

— Ça y est, frémit Manuela en ramenant sa main droite sur la table. Ça mord.

— Tu as peur ? fit Corentin presque sans desserrer les dents.

— De quoi ? De faire « la chèvre » pour toi ? Evidemment, après, j'espère que j'aurai ma récompense...

— Tout ce que tu veux, fit très vite Boris.

— On verra ça, murmura Manuela en se levant. La musique était de plus en plus douce. La longue fille chevaline en noir prit l'Espagnole par la main, la conduisant vers la piste de danse avec une assurance de dragueur éprouvé. Corentin regarda les fesses de Manuela qui chaloupaient gracieusement sous la robe en panne de velours argenté à chacun de ses pas. Puis il replongea dans sa vodka Eristoff.

— Vous venez souvent ici ?

Un très joli garçon à cheveux ultra-courts et moustache en brosse venait de se laisser tomber à côté de lui.

— C'est la première fois, murmura Corentin en prenant l'air le plus neutre qu'il put. J'accompagne ma sœur.

L'autre le jaugeait. Homo ? Hétéro ? Normalement, les gays se reconnaissent au flair entre eux. Au radar. A première vue, ce type à tête de dieu du stade ou de star de ciné était plutôt de l'autre côté de la barrière. Ça n'en était que plus excitant. Séduire les « normaux », les « autres », c'est le rêve de tout pédé...

— Je suis masseur, fit le moustachu en passant une main baguée dans ses cheveux. Je m'appelle Johnny.

Corentin essaya de prendre l'air intéressé. Du regard il cherchait Manuela et sa cavalière. Quelques couples tournaient lentement. Tous composés de partenaires du même sexe et, pour le moment, tous féminins. Des filles de tous les styles. La plupart, d'ailleurs, parfaitement hétéros d'apparence. En corsages transparents, décolletés profonds, débardeurs moulants très échancrés sous les bras, ce qui avait pour vertu de laisser au moindre mouvement apparaître la presque totalité d'un sein. Seules les vraies gouines, les lesbiennes endurcies, exclusives, étaient habillées comme on imagine toujours les lesbiennes : cheveux courts, cravates, complets d'hommes et fume-cigarettes.

— Et ça marche, votre boulot ? hasarda Corentin pour dire quelque chose.

En tout cas, du côté de Manuela, ça ne marchait pas, ça courait. La jeune Espagnole faisait du sur-place, collée à sa cavalière qui lui parlait à l'oreille tout en parcourant des deux mains son dos et sa taille.

— Sauf quand j'ai les flics sur le dos, comme le mois dernier, rit Johnny. La Mondaine, tu sais ce que c'est ?

— Un peu, fit Corentin, évasif.

— Ils m'ont emmerdé plusieurs fois, histoire d'essayer de casser mon coup si quelque chose avait cloché. Heureusement, ils n'ont rien trouvé.

Boris masqua le feu de ses yeux noirs.

— Tu as eu de la chance, fit-il, s'efforçant d'avoir l'air chaleureux.

— Officiellement, je suis inattaquable, reprit Johnny de plus en plus accroché par l'inconnu aux cheveux noirs. Je vais pas leur raconter ma vie, quoi. Après tout c'est vrai que je suis masseur. Cent francs pour une séance simple.

— Et les spéciaux ?

— Deux cents pour le buccal, trois cents francs pour le corps à corps. Mais ça arrive rarement. La plupart sont des types mariés, des hétéros à tendances inavouées, honteuses. Rien que de m'asseoir sur eux quand ils sont sur le ventre, ils jouissent déjà...

— Ça doit être fatiguant, comme boulot ?

— Tu n'imagines pas. Rentable aussi, faut avouer.

Il se rapprocha de Boris.

— Mais ce n'est pas parce que je baise toute la journée que je n'ai pas des envies, le soir... Pour le plaisir, pas pour le fric...

Corentin remua les restes de glaçons qui achevaient de fondre dans son verre. Là-bas, sur la piste, l'une des mains de la grande fille en noir descendait sur les reins de Manuela, enveloppant ses fesses et les caressant d'un mouvement tournant. L'Espagnole ne se déroba pas. Même quand l'autre commença à insister, de l'index, suivant le sillon qui partageait la croupe de Manuela, faisant rentrer légèrement le tissu de sa robe entre les deux masses souples de la croupe. Boris ferma les yeux. Il avait brusquement très chaud.

— Drôle d'endroit pour draguer, fit-il, revenant vers le masseur. Vous auriez pu choisir une boîte plus adéquate, non ? Il n'y a pas tellement d'hommes, ici...

L'autre émit un petit rire.

— Je suis venu voir une copine. Une vraie copine. Irina, la patronne de la boîte. Elle a du vague à l'âme parce qu'elle a perdu une amie. Elle a besoin qu'on lui remonte le moral...

— Perdue comment ? interrogea Corentin avec une distraction feinte.

En même temps, il sentait des milliers de picotements lui titiller les nerfs. Pas seulement parce que là-bas, sur la piste, la lesbienne relevait lentement la robe de Manuela, dévoilant de longues jambes gainées de bas noirs, puis un porte-jarretelles noir, et enfin deux fesses parfaitement rondes et dépourvues de tout slip. A cause, surtout, de ce que lui disait son flair de policier : que le hasard, qui fait souvent si bien les choses, lui adressait peut-être un petit signe par l'intermédiaire de la jeune gouape moustachue qui était masseur comme lui il était pape.

— Assassinée, reprit Johnny. On ne sait pas comment. Une danseuse... Elle venait souvent ici. La presse en a parlé hier. Des articles un peu plus longs que pour les faits divers habituels parce que Cécile commençait à être connue, dans le monde du show-biz.

— Cécile ? reprit Corentin faisant des efforts surhumains pour ne pas avoir l'air intéressé.

— Cécile Aumont. Chorégraphe, je crois. Irina a du chagrin, beaucoup de chagrin.

Il rit sourdement.

— Remarque, j'ai l'impression qu'elle commence à se consoler, non ? Et avec ta sœur, justement. Tu m'as bien dit que c'était ta sœur, hein ?

Corentin eut un petit coup au cœur. Ainsi la grande fille, l'espèce de caricature de gouine qui s'amusait maintenant, du majeur et de l'index de la main droite, à pénétrer entre les globes rebondis des fesses de Manuela, tout en la maintenant étroitement serrée et en se balançant avec elle au gré des slows qui se succédaient, c'était la propriétaire de *l'Embarquement pour Lesbos !* Il sentit sa circulation sanguine s'accélérer.

— En effet, essaya-t-il de rire d'un air dégagé. On dirait que son moral remonte. Il faut dire que ma frangine n'est pas n'importe qui...

— Toi non plus, ondula le masseur, les yeux nuageux.

Boris vira vers lui.

— Ecoute, Johnny, fit-il soudain direct. J'aime mieux que tu ne perdes pas ton temps avec moi, je préfère t'avertir franchement que c'est sans espoir. Hétéro à deux cents pour cent, mon pauvre vieux. Et pas fâché de l'être, même inconsciemment, tu vois ce que je veux dire ? Pas homo honteux ou timide. Hétéro jusqu'à la moelle, endurci et définitif. Alors, comme la nuit est déjà entamée et que ce serait dommage pour toi d'être forcé d'aller te mettre au lit tout seul, mieux vaut te prévenir, non ?

Le masseur eut un mouvement de recul.

— Ben merde, souffla-t-il sur un ton de regret. J'aurais bien cru que j'avais ma chance...

Il eut un joli mouvement de déhanchement pour se

lever. Corentin lui sourit, pensant qu'un jour ou l'autre ils se retrouveraient face à face, probablement. Lui comme inspecteur de la Brigade Mondaine et l'autre dans une position moins confortable. Suspect, mêlé à un truc louche ou venant chercher en pleurnichant la protection de la police après une tentative de racket. Un jour ou l'autre, ce genre d'individus finissait fatalement dans le bureau des Affaires Recommandées, sur une chaise, face à un policier en train de prendre des notes...

— Ne jamais prendre ses désirs pour la réalité, c'est la loi de la vie, non ? lança Boris.

— Salut, fit Johnny qui digérait mal son échec.

— A un de ces jours, répondit Corentin qui pensait à autre chose.

*
* *

Quelques minutes plus tard, Manuela se rapprochait du box où son « frère », alias Boris Corentin, inspecteur divisionnaire, faisait tapisserie.

— Tu m'en veux si je reste avec elle ? fit l'Espagnole à voix basse. C'est Irina, la patronne de la boîte.

— Je sais, souffla Boris. Elle te plaît ?

Manuela battit des cils.

— Crétin, lâcha-t-elle. Vous ne savez donc pas, vous, les hommes, que les femmes sont toutes un peu lesbiennes sur les bords ? Rien à voir avec l'homosexualité masculine, avec tout ce que ça implique comme défonçages et comme violences... C'est plutôt du côté caresses, tu vois ce que je veux dire ? Et les caresses, ça ne se refuse pas...

— Je vois, fit Corentin. Au passage, essaie quand même de la faire parler, si tu as le temps. Tu es bien placée pour lui décrire les élèves que recevait Cécile. Peut-être que l'une d'entre elles l'a accompagnée ici, un soir... Ça pourrait m'intéresser...

— Tu crois que j'oublie ? répondit Manuela.

Elle résista à l'envie de l'embrasser.

— Tu ne vas pas trop t'ennuyer pendant que je...

Boris se cala dans le canapé.

— Je suis ton frère de province, non ? Ahuri comme il se doit... Et puis, c'est mon boulot de flic, de savoir attendre. Après tout, les conditions de la planque pourraient être plus désagréables. J'ai le plaisir des yeux, si je n'ai pas celui des mains et du reste...

Il faisait complètement partie du décor, maintenant. A trois pas de lui, indifférentes à sa présence, deux filles se mangeaient les lèvres, cherchant chacune sous le corsage de l'autre la même chose que ce qui se trouvait sous le sien.

CHAPITRE X

Au même instant, à l'autre bout de Paris, une adolescente, le nez collé à la fenêtre, regardait se lever une aube de fin du monde sur les arbres déplumés, les grilles de fer forgé, les jardinets grisâtres et les voitures en stationnement de l'avenue la plus chic, la plus chère, la plus cotée et peut-être aussi en fin de compte la plus sinistre, la plus dépourvue d'âme de toute la capitale : l'avenue Foch.

— Mon dernier matin à Paris, pensa-t-elle en sentant les larmes couler le long de ses joues.

Elle avait pourtant, comme on dit, tout ce qu'il faut pour ne pas avoir envie de pleurer. Une longue silhouette toute en ondulations, avec des fesses hautes qui formaient des courbes parfaites, deux seins lourds et droits aux pointes tendues comme des crayons, et un visage noyé dans une lourde chevelure d'un noir profond cascadant en boucles luisantes jusque sur ses épaules. Un visage de femme déjà, malgré ses seize printemps à peine sonnés. Des arcades sourcilières parfaites, une bouche large et rouge, et surtout de longs yeux étirés vers les tempes avec des reflets dedans couleur menthe à l'eau. Bref, tout ce qu'il faut pour envisager calmement l'avenir et se dire qu'on ne restera pas longtemps sans accrocher le regard d'un producteur de cinéma. Ça n'empêchait d'ailleurs pas Amaranta d'être la première de sa classe, écrasant haut la main dans presque toutes les matières les meilleurs des garçons, qui somnolent paisiblement sur leur acquis historique sans se rendre compte que les filles, plus volontaires, plus assidues, les battent à plate couture à peu près partout.

L'adolescente se détacha de la fenêtre et s'examina dans la glace qui était au pied de son lit, de l'autre côté d'une chambre dans laquelle on aurait pu facilement faire du vélo tant elle était vaste.

Elle se regarda des pieds à la tête. Son visage aux fossettes symétriques — seule et ultime trace d'enfance — son long cou flexible, sa large poitrine, sa taille mince et ses hanches parfaitement galbées, avec au centre d'elle la tache noire et bouclée d'une toison aussi luisante que ses cheveux, une véritable forêt d'astrakan luxuriante et tropicale.

— Quelle galère, pensa-t-elle. C'est trop con, d'être coincée comme ça.

Elle n'avait pas dormi de la nuit. Coincée, elle l'était aussi au propre : enfermée à double tour dans sa chambre, avec une porte qui ne s'ouvrirait que dans deux heures, au moment fixé par son père la veille, quand il lui avait fait part de sa décision de la mettre en pension. Pas n'importe quel établissement. Le pensionnat des Cèdres, à Versailles. Une institution où elle serait bouclée tout le reste de l'année avec d'autres filles venues des quatre coins de la planète et dont les parents n'avaient pas de problèmes de fins de mois. Diplomates, ministres de républiques africaines, rois du pétrole, industriels asiatiques... Ou truands tout simplement. Truands de haut vol comme son père à elle, Antoine Sotelo...

Elle se mit à tourner en rond, de plus en plus folle de rage. Les véritables activités de son père, elle les avait peu à peu découvertes au fil des années. Avec un dégoût croissant en proportion de la tendresse débordante que le vieux caïd de la pègre de Pigalle lui témoignait.

Seulement voilà : à seize ans, elle était encore sa prisonnière, et il lui faisait impunément payer sa liaison — découverte elle ne savait comment — avec Cécile Aumont. Un truc bien innocent pourtant, pensait-elle. Rien à voir avec ce qu'elle avait connu avec Frédéric, le batteur d'un orchestre rock, l'année dernière, en vacances... Si son père l'avait su, ce n'est pas au collège des Cèdres qu'il l'aurait envoyée. Il l'aurait écorchée vive, probablement.

Elle frissonna. La passion de Sotelo pour elle, son unique enfant, était une sorte de fardeau, odieux et écrasant. Quelque chose de trop passionné et excessif pour être l'expression d'un simple amour paternel, même d'un père méditerranéen et pied-noir de surcroît. C'était un attachement exclusif qui frôlait l'inceste. Elle se sentait prête à tout pour s'arracher à cette prison dans laquelle il l'enfermait.

C'était pour ça qu'elle s'était donnée à Frédéric, l'année dernière. Pour ça qu'elle n'avait pas repoussé les avances de son prof de danse, plus récemment. Pour se sentir libre, libérée, débarrassée du regard inquisiteur et jaloux du vieux truand.

Pour ça aussi que, le matin de la mort de Cécile Aumont, quand elle avait appris la nouvelle à la radio, elle avait immédiatement pris la décision d'aider indirectement les recherches de la police. En téléphonant à l'AFP. Le « Roi de Pigalle », c'était elle, une trouvaille à elle. Un roi dont elle voulait à présent détruire le royaume, faire trembler le pouvoir, secouer et anéantir à jamais l'autorité.

Elle revint à la fenêtre et s'y appuya du front. L'avenue Foch était déserte. Quelques larbins — blancs, noirs ou indiens — apparaissaient devant les immeubles. C'était encore le grand silence de l'aube. Bien entendu, Sotelo avait acheté un appartement côté soleil, le bon côté, celui des numéros pairs. Là où vit le gratin du gratin, dans des lieux qui font parfois 800 mètres carrés et valent environ deux cents millions de francs, avec des salles de bains-piscine, des salons où on pourrait organiser des rallyes à moto et des WC où il ne serait pas totalement impossible de faire de la planche à roulettes. Le huit pièces de Sotelo était finalement dans la moyenne. Plutôt modeste même, puisqu'il ne lui avait coûté que quinze millions de francs lourds.

Amaranta pensa au jour où elle serait enfin majeure et romprait avec tout ça. Cette perspective lui remonta un peu le moral.

De toute façon, le pensionnat des Cèdres, elle s'en évaderait. Et puis ce ne serait pas comme ici, dans cette chambre où on l'avait enfermée pour la punir de s'être laissée aimer par Cécile. Il y aurait bien, là-bas, un téléphone sur lequel elle finirait par mettre la main. Pour aider la police, si celle-ci continuait à patauger dans la recherche de l'assassin de la chorégraphe...

***

Haletante, le regard perdu dans le vide, Manuela essayait de se disjoncter l'esprit, étendue de tout son long sur le lit, dans une petite chambre au bout d'un étroit couloir où l'avait conduite la propriétaire de *l'Embarquement pour Lesbos.*

En fait d'embarquement, on était maintenant en pleine mer. Et ça tanguait très fort.

Allongée sur elle, contre ses jambes, la grande fille maigre s'était transformée en bacchante déchaînée, ivre de désir, se tordant le long de la peau satinée de ses cuisses et de son ventre en roucoulant des phrases sans suite.

— C'est ça, tu sais... C'est ça à quoi j'ai pensé tout de suite, en te voyant. Ta toison, Manuela... Je la voyais bouclée, très noire, remontant haut vers le nombril et frisant sur les cuisses. Rien de trop... Juste ce qu'il faut... Une vraie femme... C'est à ça que je pense, uniquement, dès que je vois une fille qui me plaît...

J'étais sûre que tu ne t'épilais pas, que c'était tellement abondant qu'il faudrait aller chercher les grandes lèvres en écartant les poils pour les atteindre...

Poings serrés, se mordant la bouche pour ne pas crier, l'Espagnole sentit Irina atteindre le buisson noir de son ventre et en séparer la fourche de deux mains brûlantes. Elle ferma les yeux et, d'un geste qu'elle ne put maîtriser, plaqua ses paumes sur la tête d'Irina, l'écrasant dans la prison fauve qui s'ouvrait entre ses cuisses. Alors elle sentit la langue de la jeune femme commencer à se déplacer le long des ourlets humides de son sexe, glissant jusqu'au pli de ses fesses. Elle commença à gémir sourdement tandis que son ventre et ses hanches ondulaient comme si des vagues l'avaient soulevée.

— Oui, oui, se mit-elle à grogner, haletante.

Brusquement, Irina s'interrompit, releva un visage dont les lèvres luisaient d'une humidité à la saveur marine. Ses yeux de feu très cernés flamboyaient.

— Je veux te faire l'amour, fit-elle à voix basse. Comme un homme. Mieux qu'un homme.

Elle s'arracha à elle, s'éloigna de quelques pas dans la pièce obscure, et revint au milieu du halo de lumière que dessinait une lampe de chevet à abat-jour rose.

— Regarde, souffla-t-elle avec une sorte de ferveur. Tu t'en souviendras longtemps.

Manuela redressa à demi la tête et étouffa un cri. Irina s'était sanglé autour de la taille et des reins un leurre étonnant, un godemiché au gabarit exceptionnel luisant comme de la cire, et équipé de testicules pendants et souples, extraordinairement bien imités. Seule la partie supérieure du pubis d'Irina émergeait de dessous l'instrument. Mais ce qui était le plus étrange, c'étaient les minuscules écailles d'or qui scintillaient le long de cette verge artificielle que portait la jeune femme, solidement arrimée à son ventre par des lanières qui lui passaient dans l'entrejambes et entre les fesses.

— Tu vas jouir comme jamais, promit la propriétaire de la boîte de nuit. J'ai acheté ça au Népal, figure-toi.

Un bonze qui était tombé amoureux de moi... J'ai pas mal voyagé autrefois. J'étais importatrice d'objets rares. « Chineuse » si tu veux, mais internationale... C'est comme ça que j'ai accumulé assez d'argent pour m'acheter cette boîte... Les lamelles d'or que tu vois, c'est pour que rien, dans ton ventre, ne soit oublié. Que tu deviennes folle jusqu'au bout de tes muqueuses... Retourne-toi.

Subjuguée, Manuela obéit. L'instant d'après, le sexe népalais lui écartait les fesses, l'ouvrant et s'enfonçant à petits coups rapides comme un pieu de monstre mythologique impitoyable.

*
* *

Une heure plus tard, Manuela, nue à nouveau mais sur un autre lit, celui de Boris Corentin, rue de Turbigo, se lovait dans les bras d'un des policiers les plus célèbres du quai des Orfèvres.

— Prends-moi d'abord, haleta-t-elle en remuant de ses hanches généreuses et en offrant d'une secousse du ventre son abondante toison noire.

— Tu ne crois pas que tu as assez payé de ta personne pour ce soir ? hasarda Corentin.

Elle s'immobilisa.

— Toi, tu veux savoir quelles infos te ramène ton agent secret préféré ?

La main de Boris glissa un peu le long de la cuisse gauche de l'Espagnole.

— Je te mentirais en te disant le contraire.

— Bon, alors voilà, ça tient en peu de mots : Cécile Aumont est en effet venue deux fois au club avec une fille qui correspond trait pour trait au signalement d'une de ses élèves. La plus jolie. Celle qui avait l'air la plus friquée aussi. Malheureusement, elle ne connaît pas son nom. Même pas son prénom. C'est maigre, je sais, mais tu n'espérais pas de miracle, hein ?

Elle se releva sur les coudes.

— Maintenant, par pitié, tu me réapprends ce que c'est qu'un homme, dis ? Ça fait une éternité que j'en ai envie. Les femmes, ça va cinq minutes. Mais finalement il n'y a que ça de vrai : sentir dans son ventre une bonne et grosse...

L'obscénité réveilla Corentin qui commençait à accuser le coup de sa nuit blanche. Il enfourcha l'Espagnole et entreprit lentement de s'emparer d'elle.

*
* *

A l'heure où une concierge née au-delà des Pyrénées commençait à ronronner de plaisir sous les coups de boutoir d'un policier à la carrure *made in Audierne*, une adolescente à la chevelure noire comme la nuit et aux yeux menthe à l'eau quittait l'un des vastes immeubles Second Empire qui bordent l'avenue à laquelle le maréchal Foch, en mourant en 1929, a légué son nom.

Hugo Lobo, le nain qui était au service de Sotelo, l'accompagnait. Quand on est fille de truand, on a des chaperons qui sortent de l'ordinaire.

La Lancia du vieux truand attendait dans la contre-allée, avec Gunther au volant. La 504 ne leur servait que quand les porte-flingues de Sotelo avaient un « contrat » à honorer.

Amaranta se laissa tomber sur le siège de cuir très enveloppant. La Lancia démarra en souplesse.

— Vous me le paierez, je le jure, promit-elle en se calant contre la portière pour être le plus loin possible du gnome assis à côté d'elle.

*
* *

Très loin de là, au volant de son Alfa Romeo récupérée dans la nuit sur l'autoroute, Robert Lievin pilotait au hasard, le cerveau en pleine débâcle. Plusieurs fois il était passé devant le quai des Orfèves, résistant à la tentation de se présenter au policier en tenue qui était en faction devant le porche. Et puis il y avait renoncé. Karen était prisonnière. De qui ? Pourquoi ? Qu'allait-on lui faire ? Autant de questions sans réponses. Le cauchemar absolu.

CHAPITRE XI

Le commissaire divisionnaire Charlie Badolini regarda fixement son vis-à-vis qui n'était autre que l'inspecteur Corentin, le fils qu'il aurait voulu avoir si Suzanne, sa femme, avait pu lui donner des enfants. Le fils qu'il n'aurait jamais mais qu'en fin de compte il avait quand même un peu, et même plus d'une certaine façon que beaucoup de vrais pères, si on songe que Corentin et lui se voyaient presque tous les jours. Ce qui n'est pas le cas de la majorité des pères et des fils.

— Si je comprends bien, fit-il, ironique, la nuit n'a pas été totalement inutile ? Alors ? Blonde ? Brune ?

— Pardon, Monsieur le Divisionnaire ?

Badolini caressa le cuir fauve de son bureau du Mobilier National.

— Ne prenez pas cet air offusqué, je n'ai aucune envie de vous faire raconter des cochonneries, rassurez-vous. Non. C'était de la simple curiosité... disons : amicale.

Il se leva contourna le bureau et s'arrêta devant une des fenêtres au pied de laquelle coulait la Seine, couleur de ses pensées du matin, c'est-à-dire opaque, et charriant des flots aussi lourds et sales que les marées noires du vice, de la prostitution et de toutes les perversités humaines qu'il avait pour mission, par l'intermédiaire de ses inspecteurs, d'écluser jour après jour et nuit après nuit, dans l'immense collecteur à gadoue sexuelle qu'est Paris.

— Je vieillis, fit-il d'une voix sourde, et vos aventures je ne les vis plus que par procuration. Depuis longtemps (sa voix s'étrangla légèrement). Alors, il ne faut pas m'en vouloir si quelquefois je montre un peu trop de... de curiosité. Ça vient de ce que je suis coincé ici, à attendre que vous m'apportiez la vie...

Corentin croisa ses longues jambes, essayant de masquer son émotion.

— Je comprends, Patron, émit-il enfin. (Il toussa.) Brune. Elle était brune. Très. Espagnole.

Badolini n'avait pas l'air de l'avoir entendu. Il regardait ses doigts nicotinisés jusqu'aux lunules des ongles. Ça aussi, ça ne lui arrangeait pas le moral, de penser à toutes les cigarettes qui lui avaient déposé leur goudron dans les poumons. Il fit un effort sur lui-même et revint s'installer derrière son bureau.

— N'empêche qu'il n'y a que ça qui marche, semble-t-il, dans cette affaire. N'est-ce pas, Corentin ? Pour cavaler, draguer, ça galope. Mais l'enquête, je me trompe ou elle n'en finit pas de piétiner ?

Il avait retrouvé son ton « peau de vache » avec roulement de globes oculaires, ironie glacée et regards foudroyants de supérieur à inférieur. Odieux. C'est-à-dire familier. Presque rassurant, pensa Corentin.

— Si vous croyez que je ne fais que m'amuser, Patron, murmura-t-il.

Il joua des épaules sous sa parka.

— On ne néglige rien, figurez-vous. En ce moment même, les inspecteurs Tardet et Rabert sont en train d'écumer les archives, les fichiers. Sommiers techniques, fichiers signalétiques. L'ordinateur de la PJ est mobilisé. S'il y a quelqu'un qui, à un moment ou à un autre, est tombé entre nos mains et qui correspond de près ou de loin à cette définition de « Roi du Vice de Pigalle », on ne va pas tarder à le savoir. D'autre part, Rabert s'est baladé un peu partout dans le quartier où habitait Cécile Aumont et il a interrogé les photographes pour savoir si on ne leur aurait pas acheté récemment, par hasard, un film Kodak ultra-sensible 1000 asa. Même s'il n'y a qu'une chance sur des milliards, ce n'est pas nécessaire de la négliger... Il y a aussi la voix camouflée de la correspondante — parce que je suis sûr que c'était une femme — qui a téléphoné hier à l'AFP. A tout hasard également, j'ai fait envoyer l'enregistrement au SATI (1) pour comparer avec les « empreintes vocales » qui y sont répertoriées. On ne sait jamais. Enfin il y a la dernière élève de Cécile Aumont, la plus jolie, la plus jeune aussi, qui a accompagné plusieurs fois la chorégraphe dans cette boîte de lesbiennes... Fallat, le dessinateur de l'Identité Judiciaire, est en train de faire le portrait-robot de la jeune fille, sur les indications de Manuela, la concierge de l'immeuble où...

— Je sais, coupa Badolini. Une amie intime, n'est-ce pas ?

Corentin exhiba une dentition parfaite.

— Enfin, on se démène, Patron. Même si ça n'a pas l'air d'avancer...

— Ce que je vois, fit Badolini, c'est qu'on en est toujours aux hypothèses saugrenues. Une lesbienne violée et « marquée » comme une prostituée mais assassinée probablement par accident... Un truand de Pigalle qu'on appelle le « Roi du Vice », ce qui peut désigner tout le monde et n'importe qui à Pigalle... Une adolescente inconnue qui s'envoie en l'air avec sa prof de danse... Un photographe funambule qui joue les voyeurs sur les toits de Paris... Ça fait une charade dont vous ne me semblez pas sur le point de trouver la clé, Corentin.

Content de lui, Badolini se paya une aspiration de cigarette à s'encrasser les poumons jusqu'aux dernières alvéoles.

(1) Service des Archives et du Traitement de l'Informatique.

— J'oubliais Brichot, fit l'athlète en face de lui.

— Qu'est-ce qu'il fait, Brichot ? interrogea Badolini. Il passe tous les toits du sixième arrondissement au peigne fin pour y ramasser des emballages de films Kodak.

Corentin se crispa imperceptiblement.

— Il avait rendez-vous avec un informateur, fit-il d'une voix sourde. A Pigalle justement.

Entre policiers, on ne dit jamais « indicateur » ou « indic ».

— Alors, prions le bon Dieu qu'il nous ramène du nouveau, l'inspecteur Brichot, soupira Badolini.

Corentin se tut. C'était exactement ce qu'il pensait aussi, mais il se serait fait couper en morceaux plutôt que de l'avouer.

*
* *

Précisément à cet instant, l'inspecteur principal Aimé Brichot était en train de se mordre la moustache pour éviter d'éclater de rire. Celui que Corentin avait désigné pudiquement sous le nom d' « informateur » venait de se lamenter des difficultés dont souffrait l'art théâtral à Paris. La raréfaction du public, les charges sociales, et même la dégradation des mœurs qui faisait que des spectacles dans le genre de ceux qu'offrait le théâtre du *Vert Paradis* attiraient de moins en moins de monde. Quand on savait ce qu'était le *Vert Paradis,* et le rapport très lointain qu'il avait avec tout ce qui touche le théâtre de près ou de loin, il y avait de quoi se rouler par terre.

— Et à part ça, reprit Brichot, tu ne vois vraiment pas qui dans le quartier pourrait avoir le profil d'un « roi du vice » ?

L'autre remua dans son fauteuil.

— Il y en a à la pelle, par ici, des rois du vice, Patron.

Brichot rajusta ses lunettes.

— Ne m'appelle pas « patron », je te l'ai déjà dit, ça

m'agace. Tu fais un effort, « Petit Beur », ou tu veux que je fasse fermer ton clandé ?

Celui qui répondait au surnom de « Petit Beur », une astuce pleine de finesse qui rappelait à la fois ses origines arabes (1) (il était né à Tunis) et sa taille modeste (1,68 m) s'appelait Ahmed Zalaoui et faisait partie de ces « immigrés de la deuxième génération » qui n'ont pas une pointe d'accent, qui sont citoyens français à part entière mais que, au physique, le public a les plus grandes difficultés à différencier des immigrés plus ou moins « sauvages » dont on parle en ce moment à longueur de colonnes dans les journaux.

— Mon clandé ? s'offusqua Petit Beur. C'est un théâtre, Patron — pardon, Monsieur l'Inspecteur. Avec une scène, des acteurs, des pièces...

Brichot montra la scène, un minuscule podium chichement éclairé où deux « acteurs », justement, attendaient que dans la salle, aussi minuscule que la scène, Ahmed Zalaoui ait terminé son entretien avec l'inconnu chauve à l'allure de gravure de mode d'Old England, avec costume de coupe anglaise, cravate de chez Mark and Spencer et Churchs rutilants aux pieds.

Ils s'étaient interrompus sur un signe du gérant en pleine répétition. Et en tenue de scène. C'est-à-dire complètement à poil. Une fille longue et brune et un type au front bas et aux petits yeux rapprochés mais dont on pouvait deviner, étant donné qu'il était assis en tailleur au bord du podium, qu'il ne manquait pas d'arguments solides côté virilité.

— En tout cas pour votre « roi du vice », reprit Petit Beur, je vais essayer de chercher. Mais comprenez-moi : n'importe qui pourrait se faire surnommer ainsi. Même moi, si vous voulez.

Brichot le fusilla du regard :

— Je ne te le fais pas dire.

(1) « Beur » en verlan (argot où on inverse les syllabes) signifie « Arabe ».

Petit Beur était déjà tombé deux fois pour proxénétisme et ses condés renouvelés à coups d'informations lui permettaient tout juste de garder la tête hors de l'eau.

— Patron, gémit-il, soyez chic. Comprenez mon problème Je n'ai jamais mégoté pour les informations. Je vais laisser traîner les oreilles et je vous jure que, si j'entends quelque chose qui ressemble à ce qui vous intéresse, rapport à cette affaire de chorégraphe et à votre roi du vice, je saute illico sur le téléphone.

Brichot se leva, défroissant son loden du plat de la main.

— Tu as intérêt, grogna-t-il.

L'autre suait légèrement des tempes.

— Je te rends à ton art, au théâtre, rigola l'inspecteur berrichon natif de Nohant. A la revoyure, Shakespeare !

Resté seul, Petit Beur jaillit vers la scène, hypernerveux. La visite du policier l'avait mis mal à l'aise. Déjà qu'avec les factures qui s'amoncelaient il n'était pas sûr de joindre les deux bouts... Pourtant, il aurait pu être fier de lui, en un sens. Petit-fils de berger illettré dans l'Oranais, fils d'OS de chez Renault, il était gérant d'un de ses cabarets pornos qu'on appelle des *live-shows* pour faire plus distingué. Une sacrée ascension sociale...

— Vous reprenez, oui ou merde ? gueula-t-il. Où vous en étiez ?

— Je la baisais, fit avec sobriété l' « acteur » mâle aux yeux trop rapprochés.

— Comment ? reprit Petit Beur en sautant sur le podium.

— Comme ça, répondit l'autre en retournant sa partenaire sans ménagements excessifs et en la plaçant sous lui, à quatre pattes, coudes au sol.

Il allait s'installer derrière lorsque le gérant du *Vert Paradis* le repoussa.

— Imbécile, gronda Petit Beur. Je t'ai dit : les reins plus relevés, creusés. Le sillon des fesses en évidence. Tu piges ? Comme ça, merde !

Il s'était agenouillé derrière l' « actrice ». La vision de sa croupe superbe, avec la toison brune qui remontait haut entre les fesses, lui mit des fourmis dans l'épine dorsale.

— C'est pourtant pas compliqué, soupira-t-il.

Il s'empala en elle d'une secousse, avec un vertige de plaisir qui lui fit oublier la visite désagréable du petit inspecteur chauve de la Brigade Mondaine.

CHAPITRE XII

Pour la millième fois, Karen Lievin releva la tête et regarda la toile d'araignée qui pendait très haut au-dessus de son lit, à l'un des angles de la chambre. Une toile d'araignée d'autant plus insolite que c'était la seule trace de saleté dans toute la pièce par ailleurs impeccable, mais d'un mauvais goût qui n'arrêtait pas de la révolter depuis trois jours qu'elle y était enfermée. Tout, de la lampe de chevet montée sur un cep de vigne recouvert de vernis incolore, jusqu'à la tapisserie des murs, un papier imitant la toile de Jouy, en passant par la coiffeuse en bois blanc, de toute évidence achetée chez Lévitan, ou la chaise en tubulures noires avec un dossier et un siège en lanières de plastique rouge années 50, tout lui paraissait une insulte aux règles les plus élémentaires de la décoration d'intérieur.

Lui faire ça, à elle ! Karen Lievin ferma les yeux, songeant au comble de raffinement qui avait baigné sa vie, depuis son enfance. Un tourbillon de maisons ou d'appartements tous plus splendides les uns que les autres.

Elle sourit pourtant en se réallongeant sur le lit dont la couverture de laine grattait ses jambes nues. Comme c'était drôle, la vie. Drôle et affreux. Elle était là, dans une situation folle, kidnappée par elle ne savait qui et séquestrée elle ne savait où, et elle repensait à

« avant » : son passé, ses petites joies de décoratrice de leur appartement de la rue Barbey-de-Jouy, de « chineuse », ses chagrins de femme, ses bêtes adorées, l'échec de son mariage. Elle trouvait même le moyen de s'énerver, côté mauvais goût du décor que ses geôliers lui avaient réservé. Une réaction d'héritière richissime qui voit les loufiats se casser l'échine devant elle au moindre regard depuis son plus jeune âge.

C'est vrai que les problèmes d'argent étaient plus loin d'elle que Samarkand (Ouzbekistan) de la rue Barbey-de-Jouy. Vice-consul en Chine, consul à Prague, chargé de plusieurs missions économiques ultra-confidentielles dans différents points du globe, ministre plénipotentiaire à Copenhague, ambassadeur de France enfin au Japon puis à Washington, son père ne l'avait pas habituée aux difficultés matérielles. Robert non plus, il fallait le reconnaître. Est-ce que c'était sa faute à elle si elle avait usé ses jupes écossaises sur les bancs du couvent des Oiseaux plutôt que de râper ses jeans sur la Yam 650 XT d'un « fiancé » boutonneux en rupture de CES dans les allées piétonnes d'un centre commercial de grande banlieue ?

Machinalement, elle lissa de ses longues mains fines les plis de sa jupe rose pastellisé en laine qui bombait sur ses cuisses fermes et fuselées. Trois jours qu'elle était là. Trois jours, elle en était sûre. Elle avait fait bien attention aux aubes et aux nuits qui filtraient par un interstice sous les persiennes de fer rouillé de l'unique fenêtre. Une fenêtre « dormante », comme on dit en maçonnerie, c'est-à-dire qui ne s'ouvre pas. On avait tout simplement démonté le bouton de la crémone après verrouillage. Quant aux vitres, c'étaient des doubles. Du solide. Le genre blindé qui résiste aux munitions les plus puissantes, celles utilisées pour le gibier africain, ou les gros calibres du style Alia dont l'alliage d'aluminium avec noyau d'acier perfore les carrosseries des voitures. Rien à espérer de ce côté-là.

Elle avait été enlevée dans la nuit de samedi à

dimanche dernier. On ne lui avait pas bandé les yeux. On ne l'avait pas bâillonnée ni même chloroformée dans la pure tradition du roman noir classique. On lui avait simplement mis des lunettes de soleil. La voiture avait roulé deux heures environ. Puis il y avait eu un chemin plus irrégulier, secouant. Et enfin on s'était arrêté. Sous ses chaussures plates bleu nuit de chez Robert Clergerie, elle avait senti des gravillons et des feuilles mortes mêlés. Puis un escalier de ciment, des parquets, un autre escalier. On l'avait enfin poussée dans cette horrible chambre où elle avait pu retirer ses verres fumés et où elle avait commencé à grincer des dents en considérant le décor et l'ameublement si peu harmonieux à ses yeux...

Depuis, elle n'avait vu personne. Ce qu'elle mangeait, on le lui glissait sous la porte (un battant blindé, du sérieux là aussi) par une trappe, un minuscule guichet, une sorte de chatière. Elle s'était allongée par terre pour essayer de voir, par ce trou, le reste de la maison — ou de l'appartement... Mais elle n'avait aperçu que du parquet. Des lames de bois grossières en pitchpin blanchies par des générations de serpillières et, pour l'heure, maculées de traces de souliers plutôt boueux.

Elle en était réduite à compter les heures, les jours. La première aube, celle du dimanche. La seconde. La troisième. Le bruit de la pluie. De vagues voix étouffées très loin. Le vent, la nuit. Un moteur. Une sirène de police ou de pompiers à des kilomètres. Le miaulement aigrelet du téléphone parfois, à un autre étage... Elle avait l'impression de flotter dans une sorte de rêve. D'être morte. D'entendre les bruits de la vie, de l'autre côté de ce fossé que l'on ne franchit que dans un seul sens...

On lui avait laissé sa valise, celle qu'elle avait emportée en quittant la rue Barbey-de-Jouy, l'autre nuit, pour descendre dans le Midi et s'y mettre à l'abri. Elle s'était plusieurs fois changée pour tromper le temps. Démaquillée. Remaquillée. Crèmes de soins antirides. Crèmes hydratantes. Déodorants. Parfums. Il y avait un lavabo, dans un coin de la pièce, un misérable lavabo de chambre d'hôtel à punaises. Avec une vieille glace toute piquée, au-dessus. C'est là qu'elle s'appliquait son fond de teint, sa poudre de Chanel, « Lumière Matin », là qu'elle soulignait ses paupières avec « Nuit noire » et ses lèvres avec « Rouge Coromandel », un vermillon éclatant. En se demandant comment elle ne devenait pas folle.

Elle n'avait pas une seule fois pensé à crier. Ceux qui l'avaient enlevée n'étaient pas des amateurs. L'endroit où elle se trouvait devait être suffisamment isolé pour qu'elle s'égosille à se faire éclater les poumons sans alerter personne. Et puis ça n'était pas son genre, de crier, c'est-à-dire de se plaindre.

Elle repensait de temps en temps à Robert. Le minable secret qu'il avait été obligé de lui avouer... Ses distractions nocturnes solitaires... Comme elle le connaissait peu, finalement ! Comme on connaissait peu les êtres ! Cécile Aumont, par exemple, son amie depuis quelques années... Elle savait bien sûr qu'elle était lesbienne, Cécile le lui avait confié. Mais le reste... Cette mort sordide levait un coin de voile sur une partie de l'existence de la chorégraphe qui lui était restée, lui restait encore inconnue... Pigalle, ce peep-show, ce viol sauvage et ces coups de poignard administrés par un nain... Dans quoi Cécile avait-elle trempé pour finir ainsi ?

Et elle-même, Karen Lievin ? Est-ce que Robert aurait pu imaginer qu'elle l'avait trompé, deux ou trois fois, au début de leur mariage, justement à l'époque où leur vie conjugale était encore sans nuages ? Est-ce qu'elle pouvait même comprendre ce qui s'était passé en elle, l'autre soir, lorsque, après des années d'abstinence réciproque, elle avait eu brusquement envie de lui, Robert, une envie folle, féroce, dévorante, une vague diluvienne de désir ?

C'est vrai qu'on ne savait jamais rien. Ça valait peut-être mieux d'ailleurs. C'est comme ça que le monde marchait, cahin-caha, depuis toujours. Dans l'ignorance. Le doute. La confiance. Et l'inquiétude. Si on avait su, ç'aurait été la mort de l'espèce. Par tuerie généralisée.

*
* *

Bill reposa son jeu de cartes.

— Je passe, grogna-t-il en abattant sa pogne d'ours des cavernes sur le formica de la table de cuisine.

Il examina Gunther qui faisait un effort de concentration en face de lui à s'en donner la méningite.

— Si je dis que je passe, soupira-t-il, rogue, tu as le droit au même choix. Tu peux prendre la vingt et unième carte ou passer. Qu'est-ce que tu fais ?

Le pli vertical qui barrait les sept centimètres carrés de front de Gunther se creusa encore. On aurait dit Einstein en train de se faire péter le système cérébral à inventer d'un seul coup la théorie de la relativité restreinte, celle de la relativité généralisée et la théorie du champ unitaire réunissant en une même synthèse la gravitation et l'électro-magnétisme.

Mais les efforts de Gunther ne concernaient que les règles du gin-rummy et ça n'arrivait pas à rentrer. L'air idiot, il regardait la vingt et unième carte que lui désignait Bill, retournée et placée à côté du talon. De plus en plus abruti.

— Bon, soupira Bill. On continue. C'est à moi. Je prends la carte supérieure du talon et je la mets dans mon jeu. Ensuite, j'élimine de mon jeu celle qui me paraît la moins utile et je la pose à côté du talon, face visible. Tu comprends ?

Gunther souffla comme s'il avait tracté à lui tout seul une demi-douzaine de chars d'assaut.

— Ça va, fit calmement Bill, résigné, en regardant le

visage naturellement cabossé de son partenaire. On n'y arrivera pas.

Il avait essayé de lui apprendre le gin-rummy parce que le poker ça ne se joue pas à deux et qu'ils n'étaient que deux dans cette foutue baraque pourrie, à garder la fille enlevée sur les ordres du patron.

— Connard, fit-il entre ses dents.

Ce qui était d'ailleurs très injuste parce que, si Gunther avait une intelligence de gorille moyen (très moyen), Bill n'avait pas été beaucoup mieux loti par les bonnes fées qui s'étaient penchées sur son berceau, dans un coin perdu de la Lozère où ses parents exerçaient l'activité exaltante de garde-barrière. Seulement, lui, il connaissait les règles du gin-rummy. Un codétenu les lui avait apprises en taule, dans sa jeunesse.

Il se détourna avec mépris de Gunther.

— Je vais voir la fille, annonça-t-il.

— Pas de conneries, émit péniblement Gunther. Le patron a dit...

— Ça va, glapit Bill. Je sais mieux que toi ce que dit le patron, sous-homme !

Gunther cracha sur les tommettes rouge sale de la cuisine. Ecœuré. La bonne femme enfermée là-haut était belle, c'est vrai, mais elle avait tout ce qu'il fallait pour le dégoûter, en particulier des seins et un ventre sans rien de pendant (ou d'érectant) entre les jambes. Gunther était pédé et il ne pensait pas à s'en cacher. Il ne pensait d'ailleurs à rien.

*
* *

Les nerfs brusquement chatouillés comme si des fourmis couraient dessus, Karen Lievin s'assit sur son lit.

— Enfin, pensa-t-elle.

La première fois qu'on ouvrait sa porte depuis trois jours. Une clé farfouilla dans la serrure. Puis on entra.

— Qui êtes-vous ? lança immédiatement Karen, tendue.

— Votre ange gardien, fit Bill finement.

Elle avait reconnu l'un des deux hercules de cirque qui l'avaient enlevée, l'autre nuit. Le grêlé. Vérolé de la racine des cheveux au cuir irrégulier de la nuque. Pas celui dont elle avait essayé de défoncer le tibia à coups de manivelle. Et qui, à son grand regret, avait quand même gardé l'usage de sa jambe — quoique boîtant très fort, ce qui était une légère consolation.

— Vous vous croyez malin ? l'affronta-t-elle, quittant le lit et se dressant en face de lui.

Karen était grande. Presque aussi grande que la brute. Ce qui lui permettait de planter ses yeux dorés dans ceux, minuscules au fond des orbites, de Bill. D'où l'attitude intimidée instinctive qui prit ce dernier, soudain. Malheureusement, la jeune femme, en largeur, était au moins trois fois plus mince que son vis-à-vis.

— Relâchez-moi tout de suite, ordonna-t-elle. Tout cela est débile ! Je ne sais rien, mon mari non plus. Foutez-moi la paix.

— Tu déconnes, ou quoi ? grasseya Bill reprenant de l'assurance et passant au tutoiement d'office.

— C'est de l'argent que vous voulez ? insista Karen. Une rançon ? Vous demandez une rançon ? Mon mari paiera. Ça devrait déjà être fait. Débrouillez-vous. Abrégez la plaisanterie. Les meilleures sont les plus courtes.

— C'est bien mon avis, grinça Bill. Alors tu commences par la fermer ou je te retourne la peau de la gueule d'une calotte et j'en fais des serpillières !

Elle se pétrifia, regardant la machine à défoncer la Muraille de Chine rien qu'avec les poings. En essayant de se dire que non, ce qui luisait au fond des minuscules prunelles de ce bulldozer humain, cette imperceptible flamme dansante, ce n'était tout de même pas du désir. Pas ça ! Pas à elle ! Pas lui !

— Pauvre ordure, siffla-t-elle avec la conscience de livrer une bataille perdue.

Mais Bill savait y faire avec les femmes, c'était son opinion et il la partageait fermement. La baffe qui fit pivoter Karen sur elle-même, c'était l'argument qu'il avait toujours utilisé avec les filles — des putes exclusivement — et ça marchait à tous les coups. Du temps où il était mac à Toulouse.

— Ta robe, commanda-t-il. Soulève-là.

Karen était devenue couleur de craie. La gifle lui faisait un bruit de tocsin d'une tempe à l'autre. Elle hésita encore un instant puis, comprenant qu'elle n'était vraiment pas de taille, elle saisit le bas de sa robe plissée et commença à la relever vers la taille que soulignait une ceinture rose pâle de Cacharel.

La montagne de muscles en face d'elle haletait, suivant la révélation des jambes, des cuisses, du slip enfin en dentelle blanche.

— Tu retires ça, siffla-t-il. Tu entends ?

Son front ruisselait mais il restait immobile. Bientôt le slip de dentelle glissa et il reçut en plein dans les prunelles la vision du pubis sombre, une vraie forêt en relief généreuse et riche, un amas de boucles brunes où scintillaient des reflets châtains qui devenaient de plus en plus fauves vers le bas où on devinait l'ouverture des lèvres secrètes, leur ourlet intime et rose à peine esquissé.

— Tourne-toi maintenant, ordonna-t-il sans que son visage bouge, d'une voix de candidat à l'infarctus.

Seule sa bouche s'était desserrée.

Karen vira lentement, luttant contre la nausée.

— Ton cul. Montre-moi ton cul, fit-il avec presque un gémissement.

Elle maintenait sa robe retroussée haut sous la ceinture. Ça lui faisait horreur de tourner le dos à la brute. Plus encore que de lui montrer ses fesses. De ne pas pouvoir le surveiller, prévoir même ce qu'il allait faire.

— Baisse-toi. A genoux sur le lit.

Il avait dû se rapprocher. Elle sentait sur sa croupe un souffle de réacteur de Boeing avant le décollage.

Les yeux enfoncés de Bill fouillaient les fesses de la prisonnière. Deux magnifiques rondeurs jumelles à devenir dingue. Avec une peau parfaite, ambrée, merveilleusement mate. Et ce détail, qui lui asséchait la salive jusqu'au fond des glandes : la marque en creux, presque imperceptible, de l'élastique du slip en diagonale sur chaque hémisphère...

— La tête plus bas, ordonna-t-il. Ouvre. Ecarte les cuisses.

La croupe s'ouvrit du même mouvement et Bill sentit que ses artères faisaient des courts-circuits. La toison de la femme, plus vaporeuse entre les fesses, remontait comme un double feston de velours le long des bourrelets délicats des lèvres, jusqu'au mystère de l'œil froncé et sombre qui s'ouvrait comme un puits caché, un peu plus haut.

— Salope, haleta le grêlé. Tu vas passer à la casserole. Je vais te...

Elle attendait le viol, la pénétration sauvage, bestiale. L'horreur. Elle y était résignée. Les dents serrées, les poings griffant la couverture du lit, elle pensait à Robert, elle avait envie qu'il soit là, pour la première fois depuis des années, envie de crier qu'elle l'aimait, qu'elle voulait se blottir dans ses bras, essayer de tout recommencer.

Elle eut l'impression soudain que son cœur se bloquait.

L'autre avait posé les battoirs qui lui servaient de mains sur ses fesses.

Elle trouva la force de l'injurier avant de s'évanouir.

*
* *

Bill remit la clé de la porte blindée dans sa poche. Sidéré de lui-même.

Il avait failli la forcer. Et puis quelque chose s'était cassé en lui.

Il avait retiré ses pattes de la croupe de la prisonnière comme s'il les avait posées sur du métal rougi à blanc.

Il s'était lui-même empoigné à deux mains, noueux, rose et battant la chamade de la longue veine violette qui zébrait le membre de tout son long.

Les yeux rivés entre les deux collines ouvertes des fesses de Karen, il s'était fait jouir tout seul, sans même l'effleurer.

Obéissant aux ordres du patron qui avait dit de ne pas toucher.

Finalement, le plaisir de se soumettre à l'interdiction de Sotelo était peut-être quelque chose de plus exaltant encore pour Bill que la possession du ventre offert de la prisonnière.

Il se reculotta dans le couloir et se dirigea vers l'escalier de la vieille baraque en meulière qui sentait le moisi.

*
* *

Boris Corentin se rongeait machinalement l'ongle du pouce droit.

— Mémé, fit-il entre les dents, on est des débutants. C'est Baba qui va nous trouver balaises, quand il va voir comment on assure, dans l'affaire Cécile Aumont...

La lumière de midi, tombant par la fenêtre du bureau des Affaires Recommandées de la Brigade Mondaine, au deuxième étage du 36 quai des Orfèvres, était couleur d'égout. Les nuages plafonnaient très bas, chargés d'une menace de neige en suspens au-dessus d'une ville grelottante.

— On fait ce qu'on peut, objecta Brichot émergeant de ruminations amères sur les perversités des assurances et la vulnérabilité des assurés coincés entre des cambrioleurs aux aguets à chaque coin de rue et des assureurs bien décidés à vous vampiriser jusqu'au dernier sou.

Il avait passé une heure ce matin à s'engueuler avec un représentant de sa compagnie d'assurances qui lui demandait s'il avait pris des photos des objets qui lui avaient été volés. Comme si c'était tout naturel de faire des gros plans artistiques avec une télé couleur, un walkman ou un vieux vase Empire dans la famille depuis des générations.

— On peut peu, murmura Boris. Ou alors on est masos.

— Pour faire un boulot pareil, sûrement, de toute façon, émit Brichot d'une voix flûtée.

— Excuse-moi, coupa Boris, mais c'est il y a quinze ans qu'il fallait s'en apercevoir.

Il regarda sans le voir le décor du bureau, les téléphones, les tables chargées de dossiers et de classeurs, les machines à écrire, les chaises métalliques.

— Le bide, reprit-il sombrement. Le bide sur toute la ligne. Le bide pour Rabert et Tardet dans les labos Kodak où ils ont enquêté et où personne n'a jamais développé le moindre film ressemblant de près ou de loin à ce qu'on aurait pu immortaliser sur la pellicule, depuis le toit de l'immeuble de Cécile Aumont, à travers la verrière de son studio... Le bide probable du côté du portrait-robot de l'élève préférée de la danseuse, avec qui elle devait pratiquer le grand écart plus souvent qu'à son tour, et pas pour s'entraîner à jouer dans *Le Lac des Cygnes* (1). Encore moins dans *Casse-Noisette* (2), d'ailleurs...

Brichot releva ses lunettes Amor de myope sur l'arête osseuse de son nez.

— Tiens, c'est marrant, ce que tu dis, Boris, fit-il d'une voix flûtée.

— Merci, grinça Corentin, amer. Ce qui l'est moins, c'est qu'on a sur les bras le cadavre d'une chorégraphe

(1) Célèbre ballet mis en musique par Tchaïkovsky.
(2) Ballet de Tchaïkovsky également, sur un conte d'Hoffmann.

assassinée. Et une assassinée sans assassin, moi ça me rend nerveux.

— Tout de même, le portrait-robot... hasarda Brichot timidement.

Ça l'ennuyait de voir sa flèche (1) dans un état pareil.

— Me force pas à ricaner, Mémé, rétorqua Corentin. Bon, Manuela a collaboré consciencieusement avec Fallat, le dessinateur de l'Identité Judiciaire. On a un signalement sans doute assez proche de la réalité. Ce qu'on appelle, entre parenthèses, une créature de rêve. Une vraie femme de seize ans. Une merveille de la nature. Et je m'y connais.

Il se tassa sur lui-même.

— N'empêche que ça ne nous avance pas énormément. Et puis il y a neuf chances sur dix pour qu'elle n'ait pas été mêlée, même de très loin, à la mort de son amie, la ravissante inconnue.

— Je ne t'ai pas raconté ? demanda Brichot. J'ai montré le portrait-robot justement, hier, à mon informateur...

— Zalaoui ?

— C'est ça... Enfin, Petit Beur, le patron du *Vert Paradis*.

— Et alors ?

— Rien. Ça ne lui dit rien du tout. Jamais vu dans le quartier de Pigalle. Et il avait l'air sincère, si tant est qu'on puisse employer un mot pareil en parlant de ce genre d'individu.

— Ouais, grogna Corentin de plus en plus nerveux.

La tentative d'identification par empreinte vocale de la voix camouflée et probablement féminine qui avait adressé à l'AFP son fameux message sur un certain « Roi du Vice » de Pigalle n'avait rien donné non plus. Le Service des Archives et du Traitement de l'Informatique n'avait aucune empreinte vocale ressemblant à celle-là dans ses archives.

(1) Premier des deux dans une équipe de policiers.

— Il reste les adresses du carnet de Cécile Aumont, fit soudain Brichot, se forçant à manifester une vitalité guillerette destinée — mais en vain — à dissiper les nuages noirs amoncelés.

— Je ne t'ai pas dit ? fit Corentin d'une voix morne. J'ai mis Rabert sur le coup. Moi-même je me suis occupé de contacter quelques-uns des noms de l'agenda de Cécile. Si on met à part les adresses utilitaires du genre gynécologue, dentiste ou plombier, surtout des gens du spectacle : chorégraphes, metteur en scène, réalisateurs de télé, acteurs, producteurs... Des relations de boulot. D'anciennes élèves aussi, j'en ai visité deux ou trois hier. Rien d'important, sinon je t'en aurais déjà parlé. L'une d'elles m'a confirmé les penchants sexuels de Cécile. Elle a même interrompu, à l'époque, ses cours de danse parce que sa prof lui faisait des avances... A part ça, bien entendu, personne n'a jamais vu la fille du portrait-robot...

Découragé par ses tentatives de gaieté artificielle, Brichot se résigna à la réalité.

— Si je comprends bien, on a sur les bras une lesbienne morte après avoir subi des sévices qui ressemblent aux punitions qu'administre le Milieu à certaines prostituées, un photographe funambule tout ce qu'il y a de plus hypothétique et, une, non moins hypothétique, adolescente belle à en couper le souffle à un certain inspecteur Corentin qui pourtant en a vu beaucoup.

Boris froissa machinalement une feuille de papier vierge.

— C'est ça, Mémé, siffla-t-il. Autrement dit l'échec complet.

Il martyrisa un peu plus le chiffon de papier.

— Et j'ai horreur de l'échec, ajouta-t-il d'une voix pleine de rage.

CHAPITRE XIII

L'original du portrait-robot sur lequel s'escrimaient vainement les neurones de l'inspecteur divisionnaire Boris Corentin se trouvait à exactement dix-huit kilomètres de là, en train de remuer d'avant en arrière ou de droite à gauche la tête, les hanches, les boucles noires de sa chevelure, les mains, les cuisses, le ventre, les épaules, enfin tout ce qui faisait d'Amaranta Sotelo un chef-d'œuvre de féminité en herbe, une sorte d'Isabelle Adjani de seize ans. Sauf que les yeux d'Amaranta, comme dans la chanson, étaient couleur menthe à l'eau. Ce qui faisait danser au milieu de sa beauté torride deux espèces de lacs frais comme des sorbets.

Ecouteurs de son walkman plaqué aux oreilles, Amaranta était en train d'essayer de tout oublier dans la défonce totale d'une cassette de son groupe rock préféré : *Téléphone*. En se demandant lequel elle se taperait le plus volontiers si l'occasion s'en présentait, des trois mâles du groupe n° 1 du rock français qui déménage. A vrai dire, elle aurait été embarrassée. Ils lui plaisaient tous, aussi bien Jean-Louis le chanteur que Richard le roi de la batterie ou Louis le guitariste. Même Corine, la nana du groupe, elle ne la trouvait pas désagréable du tout à regarder. Elle n'était pas exclusive, Amaranta. Elle l'avait montré quand Cécile, sa prof de danse, lui avait fait les premières avances. Une femme, c'est différent d'un garçon. C'est une peau douce, des caresses lentes, des baisers légers comme l'effleurement d'une aile d'oiseau... Même faire l'amour n'a pas le même sens. Un truc que les mecs ne pourront jamais comprendre. Devant ça, la plupart se conduisent de façon ridicule. Comme son père, quand elle lui avait jeté au visage que oui, s'il voulait absolument savoir, eh bien, elle avait des « rapports physiques » avec Cécile. Un aveu qu'elle avait eu le temps, depuis, de regretter amèrement. L'annonce de la mort de Cécile l'avait horrifiée.

Au point qu'elle ne songeait plus qu'à une chose : *faire tomber* son assassin.

C'est-à-dire Sotelo. Son père.

Elle se trémoussa encore quelques instants, secouée de l'intérieur par les percussions de la cassette qui battaient comme un énorme cœur cadencé entre ses oreilles. Trois jours qu'elle était là, au pensionnat des Cèdres. En prison pour ainsi dire. A pleurer de rage la nuit dans cette minuscule chambre individuelle au lit étroit à montants d'acier, avec une étagère pour ses livres et un bureau à la surface de contre-plaqué. Elle faisait pourtant partie des privilégiées, celles qui avaient droit — moyennant un supplément de pension vertigineux — à une chambre individuelle. Les autres, dont les parents payaient déjà des mensualités confortables, un peu plus du double d'un salaire de cadre moyen, se répartissaient dans les dortoirs.

Elle arracha ses écouteurs et regarda la minuscule montre à quartz dont les chiffres brillaient à son poignet gauche. Un poignet très mince qui précédait une longue main fine où la seule, la dernière trace d'enfance, étaient les ongles coupés très courts.

Presque minuit.

Un cri, très loin, déchira le silence. Amaranta ne sursauta pas. C'était, dans le dortoir des grandes, celles de son âge, Murielle qui faisait un cauchemar. Comme toutes les nuits. Elle se dressait sur son lit, hurlait, puis, les yeux grands ouverts mais comme aveugles, se mettait à chanter *La Marseillaise*. Son père avait été trois fois ministre et siégeait maintenant au Sénat.

Comme chaque nuit aussi, les autres, dans le dortoir, engueulèrent Murielle. Celle-ci se tut instantanément. Le silence retomba sur les bâtiments qui avaient abrité sous Louis XV les membres d'une des plus vieilles familles nobles de France. Le collège des Cèdres s'y était installé au siècle dernier avec une brutalité iconoclaste de nouveaux riches, abattant des cloisons, massacrant les boiseries, coupant les anciens salons particuliers pour en faire des salles de classe revêches, badigeonnant de vert pisseux les plafonds décorés de fresques, défonçant les lambris pour y fixer des tableaux noirs ou des cartes de géographie. Seul le parc avait été épargné. Et encore : on en avait ravagé toute une partie pour dégager un terrain de volley. Quant aux écuries, on les avait carrément abattues pour les remplacer par des salles de classe en préfabriqué tellement plus fonctionnelles.

Amaranta bouscula du pied une pile de livres scolaires et des copies perforées. Tranquillement, elle piétina un début de dissertation sur le thème : « Que pensez-vous de la théorie exprimée par Musset dans ce vers : « Ah ! frappe-toi le cœur, c'est là qu'est le génie ! »

Elle haussa les épaules. Elle avait bien la tête à commenter les émois de Musset ! En fait de frapper, c'était son père qu'elle avait décidé de prendre comme cible. Et de le frapper au cœur, oui, mais au propre, pas au figuré comme dans les élans vaseux des Romantiques.

En le dénonçant. Et cette fois-ci sans faux-fuyant. Nommément.

*
* *

Le couloir était désert. Des veilleuses scintillaient tous les dix mètres. Amaranta glissait sur ses Adidas.

Elle s'était dépouillée de sa chemise de nuit, avait enfilé un jean et un pull à col roulé.

Elle descendit les marches de marbre de l'ancien hôtel qu'avaient dû fouler les souliers à talons rouges du duc de Saint-Simon. Au rez-de-chaussée, il y avait le bureau de la surveillante-générale. Un endroit qui présentait l'immense avantage de comporter un téléphone.

Elle étouffa un cri de rage, la main crispée sur le bouton de la porte. Fermée à clé !

— Ça ne fait rien, décida-t-elle en rejetant en arrière les boucles brunes qui battaient sa nuque.

Silencieuse, elle se dirigea vers le réfectoire dont la fenêtre ouvrait sur le parc. Elle avait songé à l'éventualité de ne pouvoir accéder à aucun téléphone, à l'intérieur du collège.

L'air glacé de la nuit la gifla au visage. Sous une lune blafarde, les frondaisons du parc se découpaient avec une netteté d'eau-forte. L'allée des tilleuls centenaires conduisait à la grille d'entrée. Elle se mit à courir sur l'herbe humide.

Un glapissement d'oiseau nocturne la stoppa net. Comme un ricanement tombant des ramures dépouillées des tilleuls.

Le cœur en chamade, elle recommença à courir.

La grande grille donnait sur la rue des Réservoirs, juste en face du château. La petite, à l'angle, sur une ruelle encaissée entre des immeubles bi-séculaires. Elle était fermée à clé. Amaranta avait examiné la serrure, la veille, pendant la récréation de 16 heures. Une serrure rouillée depuis au moins la mort de Louis XVI. Un amas de ferraille rongée qui ne tenait que parce que personne ne songeait à y toucher.

Elle s'arrêta, essoufflée, devant la petite grille et se pencha.

Le pêne saillait en dehors du coffre de la serrure comme un chicot de métal, à peine engagé dans la gâche. Elle glissa la pointe d'une de ses Adidas sous la grille et la souleva légèrement, en même temps qu'elle poussait la gâche pour l'écarter. Le pêne heurta la partie supérieure de la gâche. Un peu de rouille tomba en pluie. Amaranta tira. La moitié du pêne s'effrita. La grille trembla sur elle-même et s'ouvrit.

L'adolescente s'élança dans la ruelle noire et déboucha dans la rue des Réservoirs. Au-delà, c'était l'entrée du château, son parc fabuleux, ses bassins et ses allées, ses statues de Coysevox et de Legros, ses galeries lambrissées désertées à cette heure, par les troupeaux de touristes harrassés mais consciencieux qui l'habitent chaque jour, écouteurs multilingues aux oreilles.

Versailles, à minuit, faisait plutôt mausolée, côté animation. Tombe royale sur laquelle pesait une sorte de silence sacré.

Sur la place d'Armes, tout près de l'avenue de Sceaux, il y avait, elle le savait, une cabine téléphonique. Elle recommença à courir.

Elle avait tout préparé. Sur un bout de papier dans une poche de son jean il y avait le numéro du quai des Orfèvres. Plus la peine de mégoter. C'était sa liberté contre celle de son père, maintenant.

Lui sous les verrous, elle serait libre.

Sotelo était son père. C'était aussi un assassin. Et pas seulement le tueur de Cécile.

Une brute dangereuse que personne n'avait jamais pu coincer.

Il disparaîtrait pour toujours derrière les murs de prison. Elle ne le reverrait jamais, lui et ses crimes. Lui et la haine qu'elle ressentait envers lui. Décuplée par la passion exclusive, dévorante, jalouse, qu'il lui portait.

Elle allait le tuer, en un sens.

Après ce coup de fil, elle n'aurait plus de père. Sotelo n'aurait plus de fille.

Elle glissa sa silhouette ondulante dans l'habitacle de verre, fit tomber de la monnaie dans la fente adéquate, décrocha et composa le numéro du quai des Orfèvres.

*
* *

A cette heure-là, même à la police, il n'y a plus personne. Les inspecteurs de permanence sont partis. Seuls restent quelques gardiens de la paix, envoyés par la « Réserve-Cité » pour garder les suspects « mis en cage » jusqu'au lendemain.

Le sous-brigadier Pécuchet songea avec désespoir qu'on n'est jamais tranquille quand on est flic, même la nuit. Puis il décrocha.

La voix était lointaine, bizarre, ni homme ni femme. Et entrant tout de suite dans le vif du sujet, sans préliminaires de politesse.

— Note bien, gros lard. La mort de Cécile Aumont, c'est S...

Il y eut une interruption brutale, comme si on avait coupé le son. Le sous-brigadier Pécuchet secoua machinalement son téléphone en glapissant des « allô » inutiles à l'adresse de son correspondant impoli.

Il entendit encore un halètement. Puis une voix nettement féminine, cette fois : « Qu'est-ce que vous trafiquez, Mademoiselle ? » Et, à travers le grésillement : « Vous ne savez pas que c'est interdit ? »

Ensuite, plus rien.

Le sous-brigadier se gratta la tête.

Un truc comme ça, même s'il ne voyait pas où ça menait, ça nécessitait de sa part des décisions urgentes. Et le réveil en sursaut de pas mal de monde.

***

Amaranta s'était senti blêmir. Paniquée, elle regardait fixement Mlle Duvillard, l'une des surveillantes de nuit du collège.

— Je... j'appelais mon père, émit-elle sans assurance.

Elle baissa la tête et ses longs cheveux noirs tombèrent en un double flot sur son visage angélique.

— Je m'ennuie de lui, mentit-elle encore. Ce n'est pas ma faute...

La surveillante la détailla. Amaranta était là depuis trois jours seulement. Elle n'avait pas encore eu le temps de se rendre compte si...

— Vous savez ce que vous risquez? questionna-t-elle, se masquant derrière la sécheresse de sa voix.

— S'il vous plaît, bafouilla Amaranta qui jouait parfaitement la terreur.

La surveillante la regarda encore, sa lèvre inférieure tremblant légèrement. Mlle Duvillard avait trente-neuf ans et pour elle tout avait chaviré aux alentours des années 70, après Mai 68, dans la remise en question des rôles féminins et masculins. Sa période hétéro s'était arrêtée là, elle avait milité dans pas mal de groupes féministes tout en poursuivant ses études et en draguant des filles. Son idéal, c'était les femmes très féminines, maquillées, délicates, douces. Un idéal d'homme. Son seul point commun avec les hommes. Comme cette brune ravissante qui tremblait devant elle, à la porte d'une cabine téléphonique de Versailles, en plein cœur de la nuit. Un voile passa sur les yeux de Mlle Duvillard. Son rêve, c'était de vivre en couple, un jour, comme les autres, les hétéros. Se ranger. Mais est-ce que c'est possible, de se ranger, quand on est homo?

— Viens, fit-elle brusquement d'une voix sourde en prenant Amaranta par la nuque, sous la cascade de ses cheveux noirs.

*
* *

Sur le pas de la porte de la chambre de la nouvelle pensionnaire du collège des Cèdres, Mlle Duvillard hésita.

— Je ne dirai rien, souffla-t-elle très vite. Mais ne recommence jamais. Promis?

Amaranta regarda le visage sans charme de Mlle Duvillard. Sa peau terne. Ses cheveux blonds qui viraient déjà au gris. Une lesbienne proche de la quarantaine avec le masque de l'angoisse et de la solitude qui commençait à lui sculpter des rides minuscules autour des lèvres et sous les yeux. Elle en avait vu des dizaines, quand elle accompagnait Cécile en boîte, au *Katmandou, Chez Moune* ou à *l'Embarquement pour Lesbos...*

— Tu m'entends ? répéta la surveillante d'une voix presque suppliante.

Elle se rapprocha de l'adolescente.

— Je m'appelle Catherine, souffla-t-elle.

Sa bouche se colla à celle d'Amaranta et sa langue se mit à forcer ses dents, se tordant comme une couleuvre dans sa bouche pour l'explorer toute entière, jusqu'au fond de la gorge.

*
* *

Retournée dans sa chambre, au bout du couloir, Mlle Duvillard se précipita sur son lit, à plat ventre. Elle avait été lâche au dernier moment avec Amaranta. Elle n'avait pas osé aller jusqu'au bout.

— Il me la faut ! gémit-elle avec un sanglot sec.

De la main droite, elle se chercha, la main glissée sous la ceinture de son pantalon, ses doigts rampant dans la végétation brûlante de sa toison.

Elle se trouva et commença à hennir une longue plainte, comme si on la battait.

*
* *

Rue de Turbigo, Boris Corentin reçut deux coups de fil qui le rajeunirent de dix ans.

Le premier venait du quai des Orfèvres.

Deux heures avant, un des gardiens de la paix affectés à la surveillance de nuit avait reçu un étrange message qui avait été bien entendu enregistré et localisé. On le fit écouter à Boris au téléphone : « Note bien, gros lard. La mort de Cécile Aumont, c'est S... » Puis : « Qu'est-ce que vous trafiquez, Mademoiselle ? » Et enfin : « Vous ne savez pas que c'est interdit ? »

L'appel venait d'une cabine publique. A Versailles. Il était bizarre, incomplet, amputé. Mais c'était le boulot de Corentin, non, de résoudre les énigmes ?

Le second appel eut lieu à 5 heures du matin.

Aimé Brichot venait de se faire tirer du lit par Petit Beur, le patron du *Vert Paradis* qui se prenait pour un directeur de théâtre alors qu'il ramait péniblement dans le porno le plus minable.

Il frétillait, avec un début d'info qu'il avait eu le culot d'essayer de marchander contre un renouvellement de condé.

Une de ses « actrices », comme il disait pompeusement, s'était plainte des conditions de travail dégueulasses, dans un peep-show de l'avenue de Clichy où elle arrondissait ses fins de mois plutôt anguleuses.

Un après-midi, elle était la première à s'exhiber nue dans le bocal aux voyeurs. La moquette de la piste où elle se contorsionnait était couverte de sang. Le couloir conduisant aux loges aussi. Elle s'était plainte et on l'avait virée.

— J'ai calculé. C'était exactement l'après-midi qui suivait la nuit où est morte la fille dont vous m'avez parlé, Monsieur l'Inspecteur, avait précisé Petit Beur.

Il y avait cinq nuits aujourd'hui.

Ça ne prouvait rien, bien sûr, mais ça avait mis la puce à l'oreille de l'indic. Il avait réfléchi. Et il s'était dit que, l'un dans l'autre, le patron du peep-show en question pourrait cadrer parfaitement avec le profil requis pour mériter le surnom de « Roi du Vice de Pigalle ».

— Sotelo, émit Brichot, content de son effet. Antoine Sotelo.

Corentin siffla.

— Le roi du non-lieu, oui ! grinça-t-il. Comment on n'a pas déjà pensé à lui ?

— Parce que son casier judiciaire est vierge, soupira Brichot.

Sotelo ! Corentin revoyait, lumineux comme sur un écran de Minitel, défiler le palmarès du truand. Racket, drogue, casses, proxénétisme en tout genre. Avec un génie d'Apache pour effacer ses traces et ne jamais se faire prendre. Le genre de caïd qui vole trop haut pour être tiré comme du gibier vulgaire. Une sorte d'Al Capone à la française. Un « Parrain » à sa façon. Un tueur aux mains propres.

— Le genre de type, avait dit à Brichot Zalaoui alias Petit Beur, que rien que de prononcer son nom ça vous fait déjà l'impression d'être en chambre froide à la morgue.

Corentin s'était senti brusquement frais et dispos comme s'il venait de prendre sa douche ou de faire ses quarante minutes de course à pied en foulée rasante dans son survêtement rouge de jogging.

— Bonne fin de nuit quand même, avait lancé Brichot avec plein de sous-entendus salaces.

Corentin s'était réallongé dans son lit. En plein milieu.

Contrairement à ce que croyait son coéquipier il était seul. Exceptionnellement.

CHAPITRE XIV

Antoine Sotelo regarda par la fenêtre la fumée qui s'élevait verticalement, épaisse et noire. Dans un jardin voisin, on brûlait des feuilles mortes.

— Allez la chercher, fit-il brusquement.

Les deux porte-flingues, Bill et Gunther, s'arrachèrent à leur immobilité et à leur désert mental et gravirent l'escalier.

Le vieux truand déplaça ses quatre-vingt-dix kilos et s'installa devant le piano, un vieux meuble noir et poussiéreux, sinistre comme un cercueil et désaccordé depuis des générations. Il en avait hérité en achetant la maison, un jour qu'il s'était égaré dans ces banlieues de bout du monde après un rendez-vous avec un receleur, pour une transaction délicate. Il avait vu la pancarte « A Vendre » et il avait eu le coup de foudre pour ce minable pavillon en meulière de la Garenne-Colombes, au fond d'un petit jardin en friche dans une rue où personne passait jamais, pas très loin des cimetières de Nanterre et de Courbevoie. Une proximité qui le rassurait plutôt. Grâce à lui, depuis le début de sa carrière, les pompes funèbres n'avaient pas chômé.

Le pavillon comportait deux étages remplis de meubles vieillots et dépareillés que le propriétaire, installé aux Etats-Unis, semblait aussi pressé de vendre que la maison elle-même. Sotelo avait acheté le tout sous une fausse identité en se disant que ça pourrait être utile, une baraque aussi anodine, dans certains cas où la discrétion serait vraiment nécessaire.

Sur le piano, un cahier de musique était ouvert. « Sonates pour flûte et piano de J.-S. Bach, révision par Louis Fleury. » Il attaqua les premières notes.

Il les massacra allègrement, plaquant des accords à faire avaler à Jean-Sébastien Bach son clavecin dans l'au-delà, jouant n'importe comment de la pédale et arrachant aux cordes, dans leur châssis, des couinements d'horreur.

Ce qu'il faisait, surtout, c'était essayer de faire fonctionner ses phalanges, de plus en plus déformées au fil des années par une polyarthrite chronique qui lui poussait sous la peau, aux articulations, comme des espèces de petits marteaux aussi douloureux qu'inesthétiques. Sa terreur, c'était le blocage complet de ses mains, un jour ou l'autre. S'il n'avait pas craint de se sentir ridicule, il aurait frappé à longueur de journée sur des touches de machine à écrire, rien que pour se dégourdir les phalanges. Le piano c'était plus noble, pour un truand de sa catégorie...

Il s'arrêta brusquement et se retourna. Entre les deux hercules qui lui servaient d'anges gardiens, Karen Lievin venait d'apparaître dans la salle de séjour.

— Tiens, fit-il en enfouissant ses mains ravagées dans ses poches. Comment ça va ?

Karen Lievin étudia glacialement l'homme au front de taureau, bas et bosselé, qui lui faisait face. Puis elle tourna la tête, essayant d'avoir l'air le plus insultant possible. De l'autre côté de la pièce, un grand feu brûlait dans une haute cheminée en brique léchée de noir de suie jusqu'en haut de l'ébrasement et de la tablette. Sotelo s'assit sur le clavier du piano qui émit un accord révolté.

— Le coup de l'appel téléphonique pour me balancer, c'est une idée de toi ou de ton mari ? questionna-t-il.

Pas de réponse. Karen le toisait, immobile entre les deux brutes. Fermée.

— De toute façon ça ne fait rien, conclut Sotelo. Qui se rassemble se ressemble, hein ?

Il pivota vers les deux brutes.

— Gunther. Tu la mets à poil, commanda-t-il.

La femme du PDG du Groupe Pache et Sokal eut l'impression que ses jambes allaient se dérober. Les pattes de Gunther s'attaquaient à son pantalon de flanelle grise, assorti au blazer.

— Plus vite, glapit Sotelo.

Karen déglutit péniblement. Gunther s'était énervé sur la ceinture. Il en déchira le cuir, autour de la boucle, pour accélérer l'opération. Raidie, la jeune femme se retrouva jambes nues. Puis poitrine nue quand les boutons de son chemisier de chez Kenzo eurent sauté.

— Maintenant, dit Antoine Sotelo, tu vas faire un truc bien plus marrant que ce que ton mari te demande. Tu vas te mettre à quatre pattes et tu vas faire le tour de la pièce comme ça. En faisant attention de bien écarter les cuisses, c'est le plus important.

Elle se pétrifia, les yeux clos. Pourquoi se débattre dans l'horreur où elle était tombée ? Est-ce que ça avait encore un sens, de lutter ?

— Tu entends ? cria Sotelo.

Elle eut l'impression qu'elle allait vomir.

— Gunther, grogna le truand.

Le porte-flingue pédé abattit ses pattes sur elle et elle se retrouva contre les tommettes, sur les mains et les genoux.

— Creusée. Mieux que ça, fit Sotelo.

Du pied, Gunther pesa sur ses reins pour faire saillir sa croupe.

— Voilà, c'est bien, apprécia le patron du Sex-Service du boulevard de Clichy. Maintenant, cavale. Vas-y, salope !

Les paumes sur le carrelage froid, elle se dit qu'elle était en enfer et que rien n'avait plus d'importance.

Alors, tête baissée, reins bien creusés, cuisses évasées de façon à ce que ses fesses soient ouvertes au maximum, elle se mit à trotter comme une espèce de bête dérisoire et misérable autour de la salle de séjour, ses seins ballant entre ses bras, le regard brouillé de larmes.

— Bien, bien, apprécia Sotelo. Jolie jument de cirque. Elle a besoin encore d'être dressée, mais ça rentrera.

Il claqua dans ses doigts.

— Gunther, commanda-t-il encore.

L'autre gorille se précipita.

— Marque-la, ordonna Sotelo.

Gunther fit claquer son cran d'arrêt.

— Non, gueula Sotelo. Avec la ceinture, crétin !

Il vira vers Karen qui continuait à tourner.

— N'arrête pas, toi. Plus vite ! Comme au cirque !

Armé de la ceinture de la jeune femme, le bras de Gunther s'abattit.

Karen se cabra en hurlant.

— Bravo ! hurla Sotelo. Encore !

Les coups de ceinture se mirent à pleuvoir. Croisillonnant de marques rouges la croupe et le dos de Karen Lievin.

Sa mise en condition commençait.

*
* *

Au bout d'une heure, Karen était zébrée des pieds à la tête. Sotelo lui ordonna de se relever.

— Assieds-toi là, fit-il en désignant un vieux rocking-chair devant la cheminée.

Il se tourna vers Bill.

— Polaroïd.

Dehors, le vent secouait en rafales les marronniers.

— Vas-y, fit-il à Bill. En gros plan, avec sa gueule défaite. Qu'on voie bien le maquillage qui coule. Les larmes. Ensuite, plan général. Les seins, les cuisses. Avec toutes ces jolies marques sur la peau délicate.

Le Polaroïd se mit à cracher ses flashes et vomir ses clichés.

*
* *

— Magnifiques, les photos, apprécia Sotelo dont la main droite tremblait un peu pour cause de douleurs rhumatismales. Tu portes ça tout de suite, Gunther.

Nue, immobile dans le rocking-chair, Karen tremblait aussi. Pas pour les mêmes raisons. Tout son corps cuisait. La ceinture lui avait arraché de la peau sur le dos, les fesses, les cuisses.

— Ordure ! finit-elle par cracher en regardant Sotelo.

Celui-ci approcha une main de ses seins, emprisonnant l'un des globes élastiques entre ses doigts qui ressemblaient de plus en plus à des pieds de vigne.

— Faut pas dire ça, tu sais, murmura-t-il très doucement.

Puis, d'une détente des muscles incroyable, il la repoussa en arrière. Le rocking-chair valsa à la renverse dans la cheminée, en plein milieu du foyer où ronflaient les bûches. En hurlant, Karen dégringola dans un envol de flammèches et de cendres.

Elle réussit à se relever, brûlée aux bras et à la nuque.

— Tu vois, répéta Sotelo très doucement. Faut pas parler comme ça. Jamais.

Quelques instants plus tard, il se dirigeait vers la porte du pavillon, prêt à regagner sa Lancia. C'était lui, cette fois, qui conduisait.

Il se ravisa, revint dans la salle de séjour.

— Remontez-la dans sa chambre, commanda-t-il à Bill et Gunther.

Il avança son index déformé vers le centre du ventre de Karen, désignant l'intersection des cuisses.

— Pas de conneries hein ? siffla-t-il. C'est à moi ça, à personne d'autre pour le moment ?

*
* *

Dans le pavillon autour duquel sifflait le vent de novembre, un quart d'heure s'était à peine écoulé. La Lancia de Sotelo devait aborder les lacets encombrés des échangeurs de la Défense, au milieu des tours futuristes précipitées là en vrac comme un cauchemar de béton. Et le vieux truand devait rêver à sa vie, à sa « carrière », à la fortune qu'il avait amassée parce que, un peu partout dans Paris et ses banlieues, des filles écartaient leurs cuisses pour lui, des bouches s'ouvraient autour de sexes masculins qu'elles suçaient et léchaient au fond de clandés pourris et de maisons d'abattage pour immigrés affolés de solitude, d'exil et de privations sexuelles.

Bill avait avalé trois whiskies et c'était du plomb fondu qui lui courait dans les veines. Même ses méninges s'en accéléraient. Il en était arrivé au raisonnement qu'en fin de compte le patron n'avait désigné que le ventre de leur prisonnière, quand il avait répété sa consigne : « pas touche » ! Il n'avait pas parlé du reste.

Le reste, c'était donc pour lui.

Lourd, un peu titubant, il gravit l'escalier.

Dans la chambre, derrière la porte blindée, Karen était allongée, pantelante. Il fallut trois baffes pour qu'elle obéisse et se mette à genoux sur le lit.

Alors, tranquillement, il s'installa derrière elle, chercha son chemin à tâtons et, d'un coup de hanches, s'enfonça dans ses reins à moitié. Un autre coup et il la déchirait de tout son long. Elle hurla et il se mit à aller et venir en cadence.

Finalement il l'inonda de longues giclées brûlantes. Satisfait de lui-même.

Il n'avait pas touché à la partie interdite de la prisonnière.

CHAPITRE XV

Robert Lievin eut un réveil pénible. Torturé par une idée fixe. Est-ce qu'il avait donné hier soir leur ration de graines aux perruches, paradisiers et autres ramiers de Karen.

Façon de s'obséder sur un souci relativement mineur. Pur dérivatif dans la débâcle invraisemblable où il pataugeait avec autant de grâce qu'un ivrogne dans son vomi.

La bouche en carton, le cerveau limpide comme une journée de smog à Tokyo, il tituba vers le couloir. Sur une console en marqueterie, l'un des domestiques, comme chaque matin, avait déposé le courrier. Il commença à regarder les enveloppes l'une après l'autre.

Quelques instants plus tard, au milieu du couloir de l'appartement de la rue Barbey-de-Jouy, il hoquetait comme si le fantôme de son ancêtre Marie-Ignace de Pillos-Charnay, guillotiné en 1793, était revenu le saisir aux ouïes, crochant des deux mains autour de son larynx pour se rappeler à son bon souvenir.

Se tenant d'une main au mur pour ne pas tomber, Lievin essayait de reprendre haleine sous les yeux en forme de billes ahuries d'Apollon, le lévrier, et de Whisky, le caniche.

Les photos lui échappèrent des doigts et s'éparpillèrent comme des feuilles mortes sur la moquette saumon.

En autant de fragments de quelque chose qui n'avait aucun nom. La honte, l'abomination, le cauchemar.

Il se mit à trembler, comme envahi d'une crise de paludisme.

Whisky s'écarta en frétillant de la queue pour ne pas recevoir sur l'échine le poids de son maître évanoui.

Apollon jappa deux fois, puis se mit à renifler à petits coups de truffe le corps de Robert Lievin.

*
* *

Corentin s'insulta intérieurement.

C'était malin d'avoir eu l'idée géniale de se faire couper les cheveux au plus noir d'un mois de novembre spécialement noir, quand le vent souffle directement de Sibérie et qu'à quatre heures de l'après-midi il fait déjà presque nuit ! De quoi s'enrhumer et traîner ça jusqu'au printemps...

En même temps, ses épaules en trapèze musculeux roulaient le long du boulevard de Clichy, et il enregistrait les moindres détails de ce qu'il voyait.

Sur les trottoirs de Pigalle, l'ancien et le nouveau se mélangeaient. L'ancien, c'était les tapineuses, de plus en plus rares et de plus en plus moches — à part les travelos et autres transexuels qui réussissaient assez bien leurs caricatures de Marilyn ou de Lauren Bacall dans leurs rôles les plus exaltants. Le nouveau, c'était les sex-shops, les peep-shows, les cinés pornos avec leurs grands X flamboyants rouges, les saunas mixtes, les instituts prétendus « de relaxation », et autres « massages thaïs ».

Ce qui le travaillait intérieurement, c'était le mystère de l'appel téléphonique reçu au quai des Orfèvres, l'autre nuit. Le Service des Archives, le SATI, avait été formel : la comparaison des empreintes vocales des deux correspondants, celui de l'AFP qui avait dénoncé un énigmatique « Roi du Vice » et celui, plus récent, venu d'une cabine téléphonique de Versailles, prouvait qu'il n'y avait en réalité qu'un seul et unique correspondant. Et que par conséquent ce correspondant était, comme Corentin l'avait toujours soupçonné, une correspondante, étant donné qu'une autre voix inconnue l'avait clairement appelée « Mademoiselle ». C'était une femme et même, sans doute, une jeune fille. Le ton sur lequel on lui avait rappelé que ce qu'elle faisait était interdit l'indiquait irréfutablement.

Ce qui restait beaucoup plus nébuleux, hélas, c'était l'identité du coupable. Corentin avait réécouté la bande vingt fois, se retenant pour ne pas hurler de rage, à entendre cette consonne finale sifflante à chaque fois coupée par l'intrusion de l'autre dans la cabine téléphonique.

« La mort de Cécile Aumont, c'est S... »

Ça pouvait vouloir dire n'importe quoi et ça ne faisait pas avancer l'enquête.

La seule chose que ça indiquait clairement, c'était qu'il y avait, quelque part, quelqu'un qui savait tout et qui voulait aider la police, mais qu'on avait empêché au dernier moment.

Il enfonça les poings dans les poches dézippées de son blouson de cuir noir doublé mouton. Heureusement qu'il y avait l'informateur de Brichot, le Tunisien du *Vert Paradis*. Sinon il se serait senti dans l'état d'esprit d'une voiture de course à qui on a enlevé les roues. C'est-à-dire parfaitement hors d'usage.

Il ralentit en approchant du Sex-Service dont l'enseigne écarlate se dressait sur le ciel opaque.

L'une des parties émergées de l'empire Sotelo.

Un des cinq ou six très gros truands qu'il avait toujours rêvé de coffrer. Avec des charges qui auraient été suffisantes pour le faire condamner à trois cent soixante-cinq ans de travaux forcés, si les travaux forcés avaient encore existé.

*
* *

On trouvait de tout dans le supermarché sexuel d'Antoine Sotelo. Un obsédé vraiment bien frappé pouvait y satisfaire chacun de ses désirs. Des livres et des revues pornos aux godemichés alignés en rang serrés comme des ogives nucléaires. Des panoplies pour fétichistes ou sados-masos aux cassettes vidéos avec des titres extrêmement raffinés du genre *La Chatte sur un doigt brûlant* ou *L'arrière-train sifflera trois fois.* Mais ce n'était pas cela qui intéressait Corentin.

Il se dirigea vers les cabines du peep-show où, « confortablement assis dans un cadre luxueux en cabine individuelle », il allait découvrir « les audacieuses évolutions de filles ravissantes » comme disait la pub épinglée sur un mur. Soudain il se bloqua.

Ça lui arrivait rarement d'oublier un visage, ou même une simple silhouette.

Cet homme brun aux cheveux plats comme collés en arrière, aux sévères lunettes d'écaille et à la cravate stricte bleu nuit dépassant sous un trench-coat serré à la taille, il le connaissait. Il l'avait déjà vu.

L'homme venait de jaillir d'une des cabines du peep-show. L'air égaré, il tituba un peu, comme ébloui, et vira sur la droite.

Corentin lui emboîta le pas, se creusant la cervelle pour mettre un nom sur ce visage de quadragénaire très bon-chic-bon-genre dont il nota aussi au vol les Church's impeccables, de forme « Derby » et à trous.

L'autre oscilla, égaré, revint sur ses pas puis s'élança en direction d'une petite porte tapissée de velours rouge. Il dérapa, faillit tomber, tourna sur lui-même et revint vers la caisse. Le Viêtnamien leva à peine le nez pour encaisser le billet de cent francs que lui tendait le client. Celui-ci tourna une nouvelle fois sur lui-même et gagna pour de bon cette fois la petite porte de velours rouge.

La « cabine spéciale ».

Corentin se gratta l'arête du nez.

La machine IBM portative qu'il avait dans le cerveau fonctionnait à vitesse maximum.

Ne serait-ce que parce que la présence, ici, de cette silhouette qui aurait été plus à l'aise au milieu d'un groupe d'officiers de marine, de technocrates haut de gamme ou de châtelains de province, constituait déjà en soi une énigme passionnante pour le chasseur de primes (morales) qu'il était.

*
* *

Le PDG du groupe Pache et Sokal avait l'impression, en moins d'une semaine, d'avoir descendu tous les échelons de la déchéance, de l'humiliation et de la honte.

Jusqu'à la découverte, ce matin, des abominables photos Polaroïd montrant Karen nue, battue, décomposée, elle aussi, de honte et de souffrance.

Il avait immédiatement pris une décision qu'il repoussait de jour en jour depuis la disparition de sa femme.

Il avait cherché dans l'annuaire le numéro de téléphone du Sex-Service du boulevard de Clichy et avait appelé.

Tout avait commencé là. S'il y avait une piste à suivre, c'était par là qu'il fallait démarrer. Il n'avait plus que cette carte en main, de toute façon.

Bien entendu, on ne lui avait pas passé le patron, comme il le demandait. On lui avait même ri au nez en lui disant qu'on ne comprenait pas de quoi il parlait. Finalement, on lui avait vaguement laissé entendre qu'il serait préférable qu'il vienne lui-même à l'établissement pour éclaircir cette affaire, si vraiment c'était nécessaire.

Dans le peep-show, il avait erré de cabine en cabine, ne prêtant même pas attention aux filles qui se succédaient derrière la vitre.

Tremblant, la conscience égarée, il avait fini par échouer dans la « cabine spéciale ».

Il avait tout oublié maintenant. Son métier, la multinationale Pache et Sokal. Les problèmes récents qui venaient de surgir, avec l'administration américaine qui voulait soumettre le groupe à l'impôt sur les sociétés pour des opérations effectuées dans le golfe du Mexique.

Dans la « spéciale », il était comme dans une sorte de mirador. Et cette fois, la vitre qui le séparait de la piste n'était que du verre vulgaire. Pas un miroir truqué par les éclairages, comme dans le peep-show.

C'était ça, l'avantage de la « spéciale » : le client voyait, mais il était vu en même temps.

Au bord de la nausée, Lievin glissa dans la fente de la machine à sous le jeton reçu en échange de ses cent francs. L'autre côté de la vitre s'illumina. Une boîte minuscule éclairée crûment où une fille rousse se tenait déjà, accroupie sur un matelas de velours rouge, les reins calés par un coussin. Dans un espace qui lui laissait tout juste de quoi faire le grand écart sans se cogner.

Un nouveau vertige le prit. La déchéance, l'effondrement... Lui, le dernier descendant des Pillos-Charnay ! Le fils de famille qui avait redoré le blason de ses ancêtres à la force du poignet, en développant un génie des affaires hors du commun ! Il était là, à nouveau, dans une cabine sordide, avec cette fille en face qui le dévisageait, souriant d'un sourire de commande en se renversant en arrière pour mieux écarter les cuisses et lui dévoiler dans toute sa splendeur cuivrée le trésor intime de sa toison sur laquelle tombait d'aplomb le faisceau d'un spot, la fouillant dans ses moindres replis offerts avec une simplicité toute biblique.

Il se redressa, coincé entre la vitre et le fauteuil.

— Je veux voir votre patron ! hurla-t-il.

La musique, un authentique rock nostalgique des années 60, couvrait sa voix. De toute façon, il y avait la paroi transparente pour étouffer les bruits et interdire toute communication autre que gestuelle entre la danseuse et le voyeur...

— Votre patron ! cria-t-il encore, défait, lamentable. C'est urgent ! Je veux le voir !

La fille se cambra un peu plus, ne comprenant pas pourquoi ce client si bien sapé, si « père de famille appartenant de plein droit à l'élite économique et culturelle du pays », se désarticulait comme ça en jouant des mandibules comme un possédé. Elle se dit qu'il devait être en train d'essayer de lui communiquer ses exigences. A tout hasard, elle se contorsionna, creusant le ventre, passant la main droite par-dessous sa cuisse tandis que la gauche glissait sur sa toison le long de son mont de Vénus, faisant se rejoindre ses doigts dans la profondeur de son intimité.

L'homme sembla saisi d'une crise nerveuse à se faire hospitaliser d'urgence dans un centre d'hygiène mental.

Elle se retourna sur le ventre, tortillant son énorme cul aux globes laiteux et l'ouvrant le plus largement possible.

Le client accéléra encore ses gestes et ses mimiques de film muet.

La rousse fourra alors le coussin entre ses cuisses et commença à se frotter contre lui longitudinalement comme s'il s'agissait d'un membre viril.

Le client continuait à se comporter comme quelqu'un qu'on vient de plonger dans l'huile bouillante et qui essaie désespérément de s'en extirper. Puis soudain, il s'immobilisa, se voûta, gris de teint. Il fouilla son imperméable, en extirpa un bout de papier sur lequel, médusée, elle le vit griffonner.

Il replia le papier et entreprit de le faire passer de l'autre côté de la vitre, par un mince interstice, en haut, entre la paroi et le cadre d'acier. La fille se redressa, vit le papier glisser de son côté, là où la vitre était mal scellée. Elle leva le bras, collée contre la glace où ses seins et son ventre, un instant, s'écrasèrent, se déformant et s'étalant généreusement. Son index et son majeur happèrent le message.

Elle le déplia.

Quand elle releva la tête, le client avait disparu. *Je suis innocent*, disait le message. *Je ne comprends rien à toute cette affaire ! Ce n'est pas moi qui ai appelé la police. Jamais ! Rendez-moi ma femme, par pitié. Je vous donnerai tout ce que vous voudrez ! Par pitié ! Faites vite !*

*
* *

Deux mômes qui dévalaient de leur école de la rue Lepic, cartables attachés dans le dos, s'arrêtèrent, ravis, au coin du boulevard Rochechouart.

— Ouah ! La classe, rugit le plus jeune. C'est délire ! Tu as vu le flic.

L'autre tout frisé, un Beur de la troisième génération, retint à mi-chemin le biscuit qu'il venait de tirer de son emballage de Pépito.

— Tu rigoles ? Un flic, c'est la crainte, merde !

Sur le trottoir, penché dans l'ouverture de la petite fenêtre vitrée de la borne d'avertisseur de police-secours reliée par câbles souterrains au central téléphonique de la Préfecture de Police (à la caserne de la Cité), Boris Corentin s'égosillait pour couvrir le roulement du boulevard Rochechouart, ouvrant la bouche comme s'il avait eu l'intention d'avaler la borne pour son quatre heures.

— Dévisse-toi tes fesses de rond-de-cuir, Mémé, s'arrachait-il des poumons. Arrête de faire des cocottes en papier et saute dans une voiture.

— Qu'est-ce qu'il y a ? Qu'est-ce qui se passe ? répétait Brichot d'une voix de plus en plus aiguë.

Une Yamaha 650 XT montée par une espèce de chevalier teutonique et une Honda 1100 R drivée par une sorte de samouraï casqué aboyèrent quelques secondes, faisant plus de bruit qu'un défilé de chars russes le 1er Mai sur la place Rouge à Moscou.

— Tu as l'agenda de Cécile Aumont sous la main ? demanda Corentin lorsque les décibels eurent retrouvé leur niveau normal, c'est-à-dire atrocement assourdissant quand même.

— Sous la main, non, fit Brichot. Mais en face de moi, sur ton bureau.

— Alors, tu te précipites dessus, éclata Boris, et tu ne le lâche plus. Au passage, tu regardes à la lettre « L ».

— Et alors ?

— Qu'est-ce que tu lis ?

Brichot déchiffra une litanie de noms propres. Corentin le stoppa quand il l'entendit prononcer celui de Lievin.

— Répète, haleta-t-il.

— « Karen et Robert Lievin », relut Brichot. Dans le VIIe arrondissement, rue Barbey-de-Jouy.

Corentin releva d'une main le col de son blouson. De la purée de pois glaciale du ciel, le vent dévalait, lui fouettant la nuque. Avec, en prime, un début de douche froide.

— Eh bien, ce Lievin, Robert Lievin, je viens de le croiser ! gueula Boris. Et tu sais où ? Chez Sotelo ! Enfin... Dans son usine à sexe, quoi. Tiens-toi bien : Lievin occupe ses loisirs en se rinçant l'œil dans les peep-shows !

Brichot devait être en train de se gratter le lobe de l'oreille.

— Vois pas, avoua-t-il enfin.

— Bon, laissa tomber Corentin d'une voix unie. Ça ne fait rien. Tu sautes dans une voiture équipée d'un téléphone et tu me rejoins.

— Où ? cria Brichot.

— Je te contacterai, coupa Corentin. Au cas où tu l'aurais oublié, je te rappelle que les voitures banalisées de la PJ sont pourvues d'un téléphone-radio branché sur la bande des 450 MGH réservée à la police...

Il referma la petite fenêtre de la borne de police-secours avec la clé que tout inspecteur garde sur lui en permanence.

Les deux gosses n'avaient pas bougé, subjugués.

— Complètement allumé, le mec, fit le frisé, toujours aussi hostile.

— La classe, oui, rétorqua l'autre qui restait lui aussi sur son opinion. Il est total dément. On dirait un Américain.

*
* *

Si Brichot n'avait pas eu d'accident, c'était que le dieu qui protège les policiers pères de famille s'était sérieusement occupé de lui. Pilotant de la main gauche sa R 14 couleur ardoise, il étreignait le téléphone de bord de la droite comme si ça avait été le manche à balai d'un Cessnas en perdition. Complètement allumé par ce que lui racontait Corentin et prenant avec les feux rouges des libertés abusives, même pour un flic.

Ça faisait comme une chaîne, ce que décrivait Boris.

Au milieu la morte, Cécile Aumont.

A un bout Sotelo, le vieux truand démoniaque, une machine à tuer mais par tant d'intermédiaires qu'il avait toujours gardé les mains propres. Même si celles-ci aujourd'hui, par une juste punition du ciel, se gondolaient, gonflaient et se tordaient sous l'effet d'une arthrose irréversible.

A l'autre bout, la suprise de la journée. Le scoop du siècle. Robert Lievin. Avec sa fiche signalétique complète sortie enfin du cerveau de Corentin, mis par ce dernier à la question comme un hérétique du Moyen-Age par des tortionnaires de la Sainte Inquisition. Ses origines aristocratiques. Ses diplômes français et américains. Son mariage non moins huppé. Sa propriété en Sologne. L'empire de forages pétroliers, enfin, sur lequel il régnait. Et ses liens avec la classe politique. Ses contacts un peu partout, les conseils confidentiels donnés régulièrement sur la politique industrielle, l'équilibre du commerce extérieur, les mesures à prendre pour maintenir le taux d'intérêt du crédit et le pouvoir d'achat des salariés.

Ce qu'on appelle une super-huile.

Un grand de ce monde.

En somme de la dynamite, si Corentin faisait fausse route, avait conclu Brichot.

— Tu veux rire ! lui avait répondu Corentin, de sa voiture, une 403 sans discrétion et hors d'âge dont le pot d'échappement semblait se prendre pour la réincarnation du pétomane.

D'après Boris, l'affaire devenait aussi amusante à manier qu'une bombe atomique de gabarit moyen.

— On joue *le Salaire de la peur*, Mémé, avait-il conclu. Et on ne se plaint pas. D'accord ?

***

L'Alfa Romeo gris métallisé de Lievin était stationnée dans la cour de l'ancien hôtel particulier de la rue Barbey-de-Jouy. La R 14 de Brichot et la 403 de Corentin reprenaient souffle, à moitié garées sur le trottoir et en complète infraction.

— Complexe pas, Mémé, fit Corentin en poussant du coude son coéquipier. Sois naturel.

Il joua des épaules.

— C'est normal qu'on vienne voir Lievin. On a trouvé son adresse et son nom dans l'agenda de Cécile. De toute façon, je serais probablement allé lui rendre visite, comme aux autres. Seulement, j'avais d'abord sélectionné les femmes.

— Evidemment, émit Brichot, avec une ironie qui pesait pas mal de tonnes.

Corentin négligea l'humour de son compagnon chauve.

— Ce qu'il ne sait pas, le PDG, c'est que je l'ai vu dans l'antre porno d'Antoine Sotelo...

Il vira du buste.

— Ton informateur, Zalaoui, je crois qu'il mérite son condé, non ?

Devant l'interphone, à droite de la grande grille qui fermait la cour de l'immeuble, il chercha le nom de Lievin.

— A un bout Sotelo, à l'autre bout le PDG, et le cadavre de Cécile entre eux, rumina-t-il avant de presser le bouton *ad hoc.* Avec une piste en pointillés entre eux. Une piste de sang. Et des milliers de points d'interrogation par-dessus...

*
* *

Boris Corentin tapota sa Gallia dans le cendrier de la 403.

— Ça y est, murmura-t-il. Lievin peut recevoir des coups de fil ou en donner. Il est sur écoutes.

Des « égoutiers » très spéciaux venaient de faire leur boulot clandestin qui provoquerait des hurlements scandalisés dans la presse à bonne conscience, si ça se savait un jour.

Ecoutes sauvages bien entendu. Et couvertes par personne. Surtout pas par Charlie Badolini qui s'était bouché les oreilles, quelques heures plus tôt, quand Corentin lui en avait parlé.

Déjà le simple nom de Robert Lievin lui donnait un début de jaunisse. Rien qu'à penser aux chapelets d'appuis officiels et officieux qui entouraient le PDG et qui dégringoleraient sur lui, si les choses tournaient mal.

— Le plus drôle, monologua Corentin, c'est que je ne crois pas du tout Lievin coupable de quoi que ce soit. N'empêche que des coïncidences comme ça, ça ne s'appelle plus du hasard.

Celui-ci les avait reçus avec une courtoisie parfaite dans une sorte de petit salon-bibliothèque qui ressemblait à un musée de la décoration et de l'ameublement. Parfaitement maître de lui. Sauf les mains qui tremblaient un peu. Et le teint décomposé. Mais ça pouvait être aussi bien le surmenage et les responsabilités professionnelles, avait objecté Brichot. Lievin avait parlé brièvement de Cécile, de l'amitié qui la liait à Karen, son épouse. Mais quand Corentin avait demandé s'il pouvait avoir un entretien, justement, avec

Mme Lievin, ce dernier lui avait répondu qu'elle était absente.

Elle avait pris l'avion pour New York quelques jours avant. Elle devait y faire un séjour chez des amis. Corentin avait noté l'info en se disant qu'il faudrait vérifier les listes des passagers de Roissy.

En attendant, ça ne coûtait rien de le mettre sur écoutes.

Enfin, rien... Tout dépendait de la façon dont on voyait les choses. Comme le Loto, ça pouvait rapporter gros. Surtout des emmerdements.

Badolini s'était cabré, avait tempêté, hurlé. Il avait même sommé Corentin de « laisser tomber la piste Lievin ».

Boris avait attendu que l'orage se tasse un peu. Et puis il avait sorti son arme secrète.

La concurrence avec la Brigade Criminelle qui, dans l'affaire Cécile Aumont, était en train de se planter lamentablement. Même que Berthier, le chef de la Crime, grimpait aux rideaux quotidiennement parce que son équipe allait de fiasco en fiasco.

L'évocation de Berthier, son rival direct dans la course à la direction de la PJ, avait requinqué Badolini.

Il avait conclu d'un ton guilleret qu'il ne voulait plus rien savoir sur le déroulement de l'enquête à partir de maintenant.

Les muscles de Corentin s'étaient détendus d'un coup.

Il avait le feu vert.

Et une longueur d'avance sur les collègues de la Crime.

CHAPITRE XVI

Rien de tel qu'un cure-dent coincé entre deux crocs pour vous rendre momentanément l'âme rêveuse. Même quand on s'appelle Antoine Sotelo, qu'on est né à Souk-Ahras (ancien département de Constantine), qu'on s'est affûté les empreintes digitales à vingt ans sur les combinaisons des coffres-forts les plus tordus, qu'on a survécu à tous les coups de filet flicards, qu'on a trempé jusqu'à la racine des cheveux dans les combines troubles de la fin de la guerre d'Algérie, et qu'on a fini par se payer un 400 mètres carrés avenue Foch grâce — entre mille autres choses — à des armées de filles masos qui déambulaient toute nues sous leur manteau de fourrure, nuit après nuit, au bois de Boulogne ou rue Saint-Denis, ou qui s'ouvraient en esclaves bien dressées dans ce dernier cercle de l'enfer du « Las Vegas de l'immigré » qu'on appelle les « maisons d'abattage ».

Un pâle rayon de poésie traversa le cœur de Sotelo, pourtant mieux blindé qu'un fût de déchets nucléaires enrobé de béton — mais beaucoup plus dangereux.

Très haut dans le ciel gris, une formation en V de canards sauvages passait lentement dans son champ de vision, ramant majestueusement vers les rives chaudes de la Méditerranée ou les torpeurs perpétuelles de l'Afrique.

Sotelo rêva un instant à l'intelligence des oiseaux

migrateurs, pas attachés comme ces crétins d'humains à un foyer, un appartement, un emploi, une famille, et qui n'hésitent pas à fuir, chaque année, les rigueurs de l'hiver européen.

Par association d'idée, il repensa fugitivement à son Jodel Sicile Record, le petit avion de tourisme qu'il possédait, stationné dans un hangar privé, sur le terrain d'un aéro-club en grande banlieue. Il avait son brevet de pilote depuis dix ans mais le Jodel se rouillait malgré l'entretien régulier pour lequel il payait des sommes astronomiques. Le sol qui se dérobe au décollage, le paysage qui bascule, les descentes en piqué, l'ivresse totale au-dessus des nuages... Ça faisait longtemps qu'il ne s'était pas payé ça : ce saut fabuleux dans la quatrième dimension. Et ça signifiait une seule et unique chose : il vieillissait. Comme tout le monde.

D'une secousse, il s'arracha à la fenêtre.

— Lobo, grogna-t-il d'une voix d'ours qu'on réveille en pleine hibernation.

Ses épanchements sentimentaux étaient toujours de courte durée. Et suivis de réveils qui faisaient des dégâts.

Le nain dégringola du rocking-chair où Karen, l'avant-veille, avait été contrainte de s'asseoir, pleurant, le corps cravaché et sanglant.

— Celle qui t'a fait parvenir ça, c'est qui ?

Il tenait, entre un pouce définitivement recroquevillé à angle droit et un index tordu vers la gauche comme un pin maritime par le vent de l'Océan, le chiffon de papier où Lievin, dans la cabine « spéciale » du peep-show, avait griffonné quelques phrases suppliantes à attendrir le cœur d'un léopard.

Mais Sotelo aurait terrifié n'importe quel léopard, s'ils s'étaient trouvés ensemble dans une cage.

— Tania, je crois, murmura le gnome après avoir fouillé sa mémoire, concernant l'employée rousse du peep-show. En fait elle s'appelle Martine. Martine Mougin. Elle vient du Nord. Lille, il me semble...

— De la famille ?

— Je ne crois pas. Elle a commencé là-bas à se mettre à poil. Et elle a continué à Paris. C'est tout. Le chômage... Mais une suceuse très balaise.

« Bébé » tenait ses fiches scrupuleusement à jour.

— Tu l'enverras en dressage, décida Sotelo. Deux mois. Ensuite, le Canada. J'ai un client là-bas. Il cherche des filles...

Le dressage... C'était d'abord et surtout un truc à faire dresser les cheveux sur la tête. Sauf à Sotelo et au gnome. Une ferme que possédait Sotelo sur un plateau perdu d'Ardèche où les filles que le vieux truand préparait pour l'exportation faisaient un « stage » sous la surveillance d'Adèle et de son mari. Adèle avait été une des premières tapineuses de Sotelo, à Oran. Avec son mari, ils formaient un couple qui n'aurait pas dépareillé le troupeau de kapos des camps de concentration nazis...

— Ça lui évitera de se poser des questions superflues, à la petite Tania, grommela Sotelo. Définitivement.

Ce problème réglé, il balança dans les flammes de la cheminée le message de Lievin, puis désigna le téléphone, un vieux combiné noir antédiluvien posé sur le piano, dans la salle de séjour du pavillon de la Garenne-Colombes qui, décidément, puait le moisi.

— Tu vas l'appeler. On solde son compte.

Le nain avança son mufle du Néanderthal.

— Qu'est-ce que je lui dis ?

— Une surprise, sourit Sotelo en crachant son cure-dent.

Hugo Lobo désigna d'un de ses bras boudinés le premier étage. C'est-à-dire la chambre-prison de Karen.

— Et elle ?

— C'est décidé. On la termine en beauté.

Le gnome eut un petit frisson.

— Aux enchères ? C'est vrai ?

— Ce soir, fit Sotelo. Mais chut ! C'est un secret entre toi et moi. OK ?

De la cuisine, montaient des cliquetis. Bill et Gunther nettoyaient leurs armes. Ça faisait des bruits discrets de chargeurs, de culasses, de percuteurs et de ressorts. La douce musique du foyer dans un pavillon en meulière de la banlieue nord...

*
* *

Boris Corentin raccrocha précipitamment le récepteur de bord de la 403.

— Ça y est, Mémé. On vient de lui causer, au PDG. Il a rencard au Trocadéro dans une heure.

Sa chemise épongea d'un coup le ruisseau de sueur qui lui dégoulinait entre les omoplates. L'émotion.

— J'ai l'impression qu'on approche des grandes révélations, fit-il. Ça a l'air de s'agiter très fort dans la fourmilière.

Il redécrocha le téléphone de bord branché sur la bande de 450 méga-hertz. L'appareil lui collait aux doigts.

La fièvre excitée de la chasse. La seule chasse qui l'intéressait. Le safari aux vrais fauves. Les bêtes humaines. Ces tigres buveurs de sang qu'on appelle bizarrement des hommes.

A travers les grésillements, il trouva enfin TNZ 2, c'est-à-dire la PJ. Au bout de quelques minutes : à la police aussi l'encombrement des lignes ça existe.

— C'est bien ce que je pensais, Mémé, exulta-t-il peu après. Rabert vient de me le confirmer : Karen Lievin n'a jamais figuré sur aucune liste de passagers en partance pour New York. Son mari nous a bourré le mou. Intouchable peut-être, le PDG, et probablement au-dessus de tout soupçon. Mais foutrement menteur.

Brichot essuyait ses lunettes avec un Kleenex, les embuant de son haleine puis les frottant. Et recommençant.

— Qu'est-ce que ça prouve ? haussa-t-il les épaules.

Boris le regarda en dessous.

— Mémé, murmura-t-il, il y a une question qui me brûle les lèvres depuis des années.

— Ah?

— Tes lunettes.

— Et alors?

— De toi à moi, elles ne font pas un peu ringard, à ton avis, depuis le temps que tu les portes?

— De toi à moi, répliqua Brichot, elles font même plouc, si tu vois ce que je veux dire.

Il les réinstalla sur son nez avec assurance.

— Justement, grinça-t-il sur un ton satisfait. Comme disent les jumelles, c'est ce qui est plouc qui est mode.

*
* *

Le célèbre trèfle à quatre feuilles connu dans le monde entier comme l'image de marque des Alfa Romeo jaillit une demi-heure plus tard de la cour de l'ancien hôtel particulier de la rue Barbey-de-Jouy. A l'avant de la calandre de la voiture de Lievin.

Derrière le pare-brise de la 403 banalisée d'avant le déluge, Corentin et Brichot virent passer sous leur nez l'Alfa 90 du PDG dont la carrosserie était assez vaste et astiquée pour refléter tout Paris des collines de Montmartre aux derniers vallonnements du bois de Meudon.

— On va suivre ça avec notre charrette à bras? cria Brichot, pensant que sa R 14, garée un peu plus loin, serait tout de même mieux appropriée à la filature d'une berline à moteur V6 2,5 l à injection électronique. D'autant plus que la R 14, contrairement à la 403 de Boris, avait un moteur gonflé par les mécanos des ST (1).

— Pas le temps, grogna Corentin en écrasant l'accélérateur, ce qui fit faire au véhicule centenaire un bond en avant comme une grenouille électrocutée.

A 8 heures du soir, il y avait encore assez de trafic

(1) Services Techniques de la Préfecture de Police.

dans Paris pour que même une Alfa 90 ne puisse pas leur décoller sous le nez comme sur le circuit de Minneapolis.

La 403 pilotée par Corentin accepta de remplir son contrat. Avec des tas de protestations sonores qui ressemblaient aux borborygmes d'une digestion perturbée et répercutée par une sono tonitruante.

Les deux cubes de pierre fermant la place du Trocadéro et surplombant les jardins du palais de Chaillot étaient éclairés jusqu'à mi-hauteur. Le reste se perdait dans la nuit. Sur le perron de l'aile est, quelques silhouettes frileuses battaient la semelle, attendant l'ouverture du théâtre. L'Alfa de Lievin atterrit en souplesse devant l'aile ouest, celle qui abrite le Musée de l'Homme. Le patron d'une des plus grosses entreprises françaises jaillit par la portière et s'engouffra sous le péristyle d'un pas de junky complètement stoned sous l'effet d'une injection à la limite de l'overdose. Mais l'overdose qui faisait flipper Lievin était un cocktail encore plus abominable peut-être que l'héroïne : nuits blanches, angoisse, honte, panique tous azimuts. Jusqu'au point d'orgue de la visite, cet après-midi, de ces deux flics fouineurs aux regards pas dupes dont il n'arrivait pas à se persuader qu'ils étaient seulement venus le voir parce qu'ils avaient tout bêtement trouvé son nom dans l'agenda de Cécile Aumont.

Il franchit le péristyle sans un regard pour le mât-totem des Indiens du nord-ouest américain qui y dresse sa superposition surréaliste de masques grimaçants. Il poussa une des portes vitrées et déboucha dans le vestibule.

Dehors, immobiles dans la 403 qui reprenait haleine en rotant des nuages délétères, l'inspecteur divisionnaire Corentin et l'inspecteur principal Brichot virent une silhouette de bûcheron du Grand Nord canadien rejoindre Lievin, lui parler quelques instants, et ressortir avec lui. Les deux hommes rejoignirent l'Alfa Romeo.

La nature avait oublié de faire un cou au « bûcheron ». Une tête en forme de marteau-pilon et tout de suite les épaules, dans un costard étriqué années 60. D'office, il s'assit à la place du conducteur et vissa sur sa tête un chapeau à ruban à damier. Il empoigna le volant avec des délicatesses de gorille caressant un papillon, fit glapir la première sans aucun ménagement pour la boîte de vitesses à cinq rapports et martyrisa l'embrayage.

De son côté, Corentin arracha la 403 à sa sieste réparatrice et la contraignit à se surpasser, ce qui ne put être obtenu qu'au prix de transes multiples et inquiétantes qui faisaient frémir la carrosserie de la calandre au coffre.

On était parti pour une filature en douceur et le pilote de l'Alfa ne semblait pas pressé. Brichot, bercé par les effluves asphyxiantes de la 403, commençait à s'endormir. Brusquement, Corentin le réveilla en stoppant sec.

— Il prend de l'essence, constata-t-il.

L'hercule à l'occiput directement emboîté dans les épaules venait d'obliquer sur la droite, boulevard Raspail, sous la voûte d'une station-service ouverte toute la nuit. Boris jugea plus prudent de se garer cent mètres avant et d'attendre.

Il n'eut pas le temps de s'ennuyer. Rugissante, l'Alfa 90 rejaillit des profondeurs de la station-service comme une fusée à tête chercheuse quittant sa rampe de lancement et vira sur deux pneus, rebroussant chemin. Le boulevard Raspail est coupé longitudinalement par une allée centrale qui sert de parking. Corentin se trouvait maintenant en sens inverse de l'Alfa. Le temps qu'il embraye, fasse demi-tour et rejoigne la voie suivie par l'Alfa, celle-ci avait obliqué dans la minuscule rue De-Luynes, puis encore à droite dans le boulevard Saint-Germain où elle eut à cœur de démontrer, en disparaissant derrière un fouillis compact et scintillant de feux arrière et de carrosseries, les performances étonnantes du moteur V6 à injection.

Il ne restait plus à Corentin et à Brichot qu'à constater

que leur 403 banalisée avait besoin, entre autres choses, d'une petite révision.

— On est les rois, Mémé, soupira Boris avec un goût de bile dans la gorge.

L'horreur de rester sur un échec.

— Qu'est-ce qu'on fait ? fit son coéquipier en caressant sa calvitie lentement.

— On va reprendre la planque devant chez Lievin. C'est notre seule piste, non ?

Brichot le regarda.

— Et Sotelo ? Il y a tout de même Sotelo, à l'autre bout de la chaîne ?

— Tu nous vois débarquer chez lui avec même pas en poche la commission rogatoire de routine dont le vieux truand doit connaître le libellé par cœur, depuis l'en-tête au nom du Tribunal de Grande Instance jusqu'aux derniers cachets réglementaires ? Et les charges contre lui ? En tout et pour tout : de vagues informations incontrôlables balancées par Zalaoui, ton indic. Si on parle de ça à Sotelo, ça lui donnera de quoi rire jusqu'à Noël.

Il asticota l'accélérateur, provoquant quelques explosions non prévues au programme.

— Mémé, termina-t-il, notre lot à nous autres, policiers, c'est à quatre-vingt-dix pour cent la planque, tu le sais bien ?

*
* *

De la cheminée du salon, dans le pavillon de la Garenne-Colombes, s'élevait maintenant une épaisse fumée noire. Lobo, le nain, se retourna, tenant à la main le seau avec lequel il avait arrosé le brasier pour l'éteindre.

— On y va ? questionna-t-il.

Sotelo parcourut la pièce des yeux.

— On y va, répéta-t-il machinalement.

Bill était monté seul chercher Karen puisque l'autre porte-flingue avait rencart à Paris avec Lievin.

— C'est trop bête, laissa brusquement tomber le pied-noir.

Quatre à quatre, il gravit l'escalier et déboucha dans la chambre où la jeune femme s'était décomposée d'angoisse pendant d'interminables journées.

Il regarda la prisonnière. Sur ses ordres, Bill lui avait fait revêtir ce qu'elle avait de plus élégant dans sa valise. Une longue robe tube écarlate, collante comme un fourreau sur les hanches et la croupe, puis évasée vers le bas. Les bijoux n'avaient pas été oubliés. Une broche, un collier de grosses perles, des boucles d'oreilles.

— Formidable, grogna Sotelo. Tu vas faire un malheur, cette nuit...

Il sourit, le souffle court.

— Relève ta robe, cracha-t-il.

Du fond du désastre où elle s'enfonçait, Karen eut un sursaut.

— Va te faire en... ! hurla-t-elle.

En même temps, d'une détente, elle jaillit sur lui, dix ongles en avant visant les yeux. Sotelo expectora un cri d'agonisant quand les griffes de Karen s'enfoncèrent dans ses joues. Bill avait mis une seconde à réaliser. Maintenant il était sur elle, la ceinturait, lui bloquant un bras en arrière dans une torsion qui annonçait le déboîtement du coude.

— Pauvre dingue, siffla Sotelo en lui dévissant la tête d'une seule gifle. Appliquée avec le dos de la main, rapport à ses doigts qui ne lui obéissaient plus.

« Je t'interdis de m'insulter, ajouta-t-il. Mais tu m'as donné une idée.

La suite fut rapide. Bill contraignit la jeune femme à faire tout ce que lui disait Sotelo. A quatre pattes sur le lit, robe retroussée sur le dos, slip aux chevilles, Karen devina que Sotelo s'accotait derrière elle, entre ses cuisses. Elle sentit son sexe l'effleurer, caresser son intimité et enfin entreprendre de la posséder à coups de reins rapides. Puis Sotelo s'interrompit et, écartant les globes de ses fesses, se présenta devant l'entrée la plus resserrée de sa croupe. Comme Bill, l'autre fois. Karen émit un râle. Ses doigts déchiraient les draps du lit. Elle allait hurler de nouvelles injures lorsqu'un mouvement involontaire, complètement indépendant de sa conscience, lui fit creuser les reins pour s'ouvrir plus, alors que ce que l'autre lui faisait la révoltait tout entière. Suffoquée, bien au-delà de toute humiliation, elle s'entendit gémir au moment où il la perfora. Quelques instants plus tard, il ruisselait en elle et elle se mit à crier.

— Ça pourra aller, pensa Sotelo en se relevant. Elle a joui. Elle est au point maintenant.

Les griffures sur ses pommettes et ses joues le cuisaient. Mais qu'est-ce que c'était à côté de la soirée qui se présentait et des bénéfices qu'il allait en tirer ?

CHAPITRE XVII

La pluie fine et serrée scintillait en traversant en diagonale le faisceau jaune de chaque réverbère. Mais il n'y avait pas beaucoup de réverbères dans la ruelle noire et boueuse où ils s'enfonçaient. La plupart étaient hors d'usage et personne ne songeait visiblement à les réparer.

— Où va-t-on ? fit Robert Lievin d'une voix lamentable, glacé sous son imperméable de grand bourgeois parfaitement surréaliste dans un endroit pareil.

Dans l'ombre, l'une de ses Church's cogna contre une poubelle renversée et trois rats détalèrent, se payant le luxe de passer devant deux chats hirsutes dont on voyait les côtes sous la pelade et qui se recroquevillèrent, terrorisés, lorsque les rongeurs presque aussi gros qu'eux les effleurèrent dans leur fuite.

— Tu verras, répliqua Gunther en le poussant en avant.

— Je veux ma femme, gémit Lievin qui continuait à trébucher.

— Tu l'as déjà dit, grogna l'homme-singe.

Gunther savourait ce moment. Un « contrat » comme il ne s'en présente pas souvent dans une vie. Une opération en douceur, sans efforts. Sans même avoir à sortir son 357 Magnum, c'était tout dire. Le type en gabardine puait de peur, faisait dans son pantalon d'angoisse et il aurait fallu être encore plus bête que Gunther pour le supposer armé. Cet élégant quinquagénaire d'un milieu social plus éloigné de celui d'où sortait le porte-flingue que la galaxie d'Andromède de la planète terre était plus démuni devant l'adversité qu'un garçon de cinq ans. Mystère, abîme de mystère des meneurs d'hommes qui jonglent avec les courbes de profit, savent se battre dans la jungle de la guerre économique internationale, et s'effondrent au premier malheur venu d'un univers qu'ils ne connaissent pas !

A force d'avancer dans un cauchemar total, Lievin en avait presque perdu la notion du temps. Deux jours qu'il ne s'était pas rendu au siège de Pache et Sokal, quai André-Citroën ! Et qu'il faisait répondre par ses domestiques, au téléphone, qu'il avait dû s'aliter, terrassé par la grippe. Même François-Georges Chevalier, son chef de personnel, n'avait aucune nouvelle de lui.

Le quartier où son guide à face de gorille l'avait conduit, il ne le connaissait pas. A peine avait-il aperçu, tout à l'heure, la tour éclairée de la gare de Lyon. Ensuite, Gunther avait tourné dans plusieurs ruelles sombres et avait abandonné enfin l'Alfa devant la façade d'un immeuble délabré où un ancien café condamné par des palissades exhibait encore son enseigne à moitié effacée. *Le Bar du Bonheur,* ça s'était appelé autrefois.

Impossible d'imaginer qu'à deux pas de ces ruelles sordides s'élevait la pyramide futuriste et gazonnée du nouveau Palais omnisports de Bercy ! Tout le quartier n'était qu'un dédale de petites rues défoncées bordées d'immeubles penchant du côté où ils allaient tomber. Certains étaient soutenus par d'énormes madriers, d'autres étaient définitivement fermés, on avait bouché les fenêtres avec des carreaux de parpaing et arraché plafonds et planchers. Dans la plupart, néanmoins, survivaient encore des familles entières des quatters, des tribus entassées dans deux pièces qui faisaient hurler leur transistor ou leur téléviseur. Du linge pas frais pendait à certaines fenêtres, et dans les ruelles les plus étroites on aurait pu s'imaginer au fond des bas-quartiers d'un Naples sans soleil, ou dans une reproduction miniature de certains coins spécialement déshérités de New York.

C'était, entre Bercy et le boulevard Diderot, les ultimes restes de ce qu'on appelle « l'îlot Chalon ». Un amas incohérent, sale, désespérant, de masures cernées par les grues et les bulldozers de la rénovation générale du quartier. Une des dernières tanières possibles, dans la capitale, pour les exilés du tiers-monde terrés sur des grabats pourris, sans carte de séjour ni permis de travail. Une des ultimes verrues de Paris aussi, cernée par les multiples voies ferrées de la gare de Lyon et de ses gares de marchandises qui creusent d'immenses tranchées dans un paysage de détresse et d'abandon style *Quai des Brumes*. C'est le dernier carré d'un îlot-ghetto où s'entassent Sénégalais, Maliens, Maghrébins. Avec à la périphérie quelques commerçants venus d'Asie. Une sorte de Bronx, en plus atroce si possible, qui vit ses dernières heures avant l'arrivée des bétonneuses.

Lievin ne regardait rien, ne voyait rien. C'était une autre planète. De temps en temps, dans ses rétines, s'imprimaient comme des flashes les images ignobles des photos Polaroïd où Karen sanglotait, le corps nu et strié de longs coups de cravache écarlates. C'était tout. Il n'écoutait pas la musique déferlant en rafales des appartements : reggae, funk, afro-cubain, haïtien. Il ne vit pas l'étrange boyau de la boucherie islamique encore illuminée. Ni, plus loin, dans la lumière glauque de ce qui avait dû être jadis une loge de concierge, cet homme qui achevait d'égorger deux poulets avec des gestes lents de sacrificateur primitif. Ni ces parfums venus d'ailleurs où, à des odeurs plus classiques de déchets en tout genre et de pipi de chat, se mélangeaient des effluves exotiques et des épices entêtantes. Il allait, la tête vide, poussé en avant par son guide silencieux dont le regard ne trahissait pas la moindre pensée notable.

Après ce qui sembla à Lievin des kilomètres d'immeubles bouchés par des parpaing, de commerces disparus derrière leurs rideaux de fer rouillés et de palissades abritant pour quelques mois encore des terrains vagues qui servaient de parkings sauvages, Gunther fit obliquer Lievin sur la droite, dans l'étroit passage entre les planches mal jointes d'une palissade. Ils traversèrent un terrain vague couvert de gravats qui témoignaient qu'un immeuble, autrefois, s'était élevé à cet endroit, rejoignirent par l'arrière un autre immeuble, une cour et encore un immeuble.

— Par là, fit sobrement Gunther.

Dans la seconde cour, un grand feu brûlait. Quelques Noirs en pardessus rendus vert-de-gris par la crasse dansaient devant les flammes pour se réchauffer une espèce de ballet minable qui, projeté sur la façade lépreuse, plus haut, devenait, par le miracle des ombres chinoises, une étrange danse brutale et sauvage de tribu primitive.

Ils tâtonnèrent dans un escalier aveugle, parcoururent plusieurs pièces dont les parois étaient à moitié défoncées et couvertes d'inscriptions en français, en arabe ou en wolof. Dans l'une d'elles, une cheminée délabrée ronflait d'un feu de bois dégageant une étrange odeur d'encens. Trois Arabes, accroupis devant la cheminée, tapaient le carton. Un quatrième psalmodiait des versets du Coran en s'arrêtant pour grignoter des cacahuètes grillées. Sur un des grabats superposés dans le fond de la pièce, un cinquième dormait.

Dans la chambre voisine, deux moutons tiraient sur leurs chaînes fixées aux éléments d'un radiateur hors d'usage. Promis à l'égorgement islamique rituel, un de ces jours.

Cinq minutes plus tard, après d'autres escaliers et d'autres couloirs, Robert Lievin débouchait dans le dernier cercle de son enfer.

*
* *

Le *Royal-Memphis* avait connu autrefois des heures de gloire comme cinéma. Mais aucun de ceux qui s'entassaient cette nuit entre ses murs n'y avait jamais vu le moindre film, fût-ce un court métrage. Désaffecté depuis une quinzaine d'années, il attendait lui aussi les grues des démolisseurs. Tout en abritant des spectacles d'un type très particulier.

Lievin mit quelques instants à s'habituer à la pénombre. Une seule rampe lumineuse encore en fonctionnement (grâce à un branchement sauvage dans les égouts du quartier) éclairait la vaste arène aux murs boursouflés d'humidité. L'atmosphère était irrespirable, sueur et fumée de cigarettes mélangées. Une odeur de chambrée entre les hautes parois où le papier mural, repoussé par le salpêtre, s'en allait en grandes dégoulinures moisies. Il faisait en même temps froid et moite. Ça tenait de la champignonnière et des catacombes. Làdedans, une étrange foule s'entassait.

Accroupis à même ce qui restait de la moquette ou circulant entre les groupes, des Sénégalais, des Mauritaniens, des Maliens, des Algériens, des Marocains. Les anciennes rangées de fauteuils du *Royal-Memphis* avaient presque toutes disparu. Les survivantes, défoncées, descellées, écroulées, s'entassaient le long des murs. Un groupe de Maghrébins, près d'une porte au-dessus de laquelle on pouvait lire encore « Sortie de Secours », buvait du thé à la menthe dans des gobelets en carton. La théière était posée sur un camping-gaz et l'odeur rafraîchissante de la menthe éloignait un peu, par vagues, la puanteur générale de l'atmosphère qui rappelait assez fidèlement celle des quartiers de tanneries dans des villes comme Fez ou Marrakech.

Là-dessus, passaient au galop les rafales de la musique. N'importe quoi mélangé. Avec une dominante lancinante venant de tous transistors ou lecteurs de cassettes lancés à pleins poumons : le tambour, le *talking-drum*, un fond de tam-tam de brousse comme un immense cœur sourd, menaçant, dans lequel venaient se confondre et fusionner des musiques de tout le tiers-monde : blues, jazz, mambo, habanera de Cuba, sambas, calypsos trinidadiens, reggaes jamaïcains, biguines... Un incroyable métissage qui se reflétait aussi dans la « sape » hétéroclite des participants de ce rassemblement nocturne. Ça allait des burnous aux boubous, des coiffures rastas aux djellabas, des torses moulés dans des tricots de corps autrefois blancs aux costumes en cuir de chez Tati. Avec quelques privilégiés arborant des vestes en daim à neuf mille francs, ou des chaussures Weston à cinq mille pas vraiment discrètes : le modèle Capo bianco en croco, le must du must des populations *black* ou arabes de Paris.

— Qu'est-ce que c'est que ce cirque ? se redressa Lievin, bloqué à l'entrée, et qui essayait de reprendre du poil de la bête.

— Avance, lopaille, se permit Gunther en le poussant.

— Où va-t-on ? bafouilla le PDG.

— Aux premières loges, rigola la brute.

L'odeur de Médina prenait à la gorge. Un vieux billard récupéré probablement dans un café promis à la démolition attirait quelques amateurs qui, faute de queues appropriées, poussaient les boules de la main. A côté, sur un minuscule brasero, fumaient des merguez.

Gunther pilotait Lievin sans délicatesse. Par de légers coups de poing dans les omoplates pour corriger la direction. Ils se retrouvèrent en surplomb par rapport à la salle. Dans ce qui avait été la cabine de projection du cinéma. De vieilles affiches à moitié arrachées évoquaient d'anciens chef-d'œuvres du septième art avec Cary Grant ou Humphrey Bogart en vedettes.

Les joues verdâtres, l'œil fixe, Lievin considéra le panorama.

Sur la scène, juste devant l'écran arraché, là où avaient dû se produire jusqu'à la fin des années 50 des « attractions » du genre prestidigitateurs ou ventriloques, des espèces de jeux du cirque. Revus et corrigés dans le genre tiers-mondiste.

Des culturistes noirs ou blancs s'exhibaient, intégralement nus. Des « gonflettes » à la limite du cauchemar. Des masses de muscles monstrueux comme des successions de ballons imbriqués les uns dans les autres. Et enrobés dans des peaux luisantes, huilées, plus fines et graciles apparemment que du papier à cigarettes. On en aurait compté les globules... Des monstres du body-building. Des pectoraux, des triceps ou des abdominaux plus larges que des cuisses de gorilles. Et le plus incroyable, c'est que la plupart étaient des femmes. Des femmes sans fesses et sans seins, mais avec des pectoraux remplaçant la poitrine, et des abdominaux sous lesquels toute la féminité habituelle d'un ventre se dérobait. Le festival de l'horreur performante. Elles se trémoussaient sur les cadences multiples jaillies des transistors, se caressaient, esquissaient des danses du ventre. Et le public poussait des cris sauvages, tandis que des pièces de monnaie, à chaque geste un peu audacieux, pleuvaient en tintant sur la scène.

— Ma femme ? geignit Lievin.

— Tu vas la voir, fit une voix calme derrière lui.

Le PDG se retourna, pâteux.

A côté de Gunther, Antoine Sotelo exhibait une dentition qui aurait eu besoin d'un sérieux détartrage.

— Je tiens toujours mes promesses, fit le vieux truand. Regarde.

Sur la scène, minuscule entre les gorilles culturistes femelles, un mâle, un gnome venait d'apparaître. Il gagna le bord du podium en chaloupant sur ses jambes torses et approcha de sa bouche un mégaphone. Sa voix s'éleva, couvrant le vacarme, déformée par l'amplificateur !

— Les enchères vont commencer ! Messieurs, un peu de silence ! Ça vaut la peine ! Une femme, une Blanche ! Une vraie... Le dessus du panier ! Une bourgeoise. Une grande bourgeoise. Un cul de bourgeoise comme vous n'en avez jamais touché de votre vie !

Un grondement parcourut le public. L'odeur de transpiration caractéristique des mâles en rut monta d'un cran. Dans un coin sombre, deux Maghrébins assis sur les genoux l'un de l'autre se caressaient... A leurs soubresauts réguliers, il n'était pas sorcier de deviner ce qu'ils faisaient.

— Bande de minables ! hurla encore le nain, provocant. Démerdez-vous si vous voulez l'avoir ! Regardez : ça ne vaut pas le coup de faire des dettes ?

Les cernes sous les yeux de Lievin s'agrandirent de deux bons centimètres.

De la vitre défoncée de l'ancienne cabine de projection du *Royal-Memphis,* il venait de voir une longue silhouette en robe fourreau écarlate surgir sur la scène. Avec des bijoux scintillants à la lumière.

Elle rejoignit le nain et se tint debout près de lui, fabuleuse de beauté et d'élégance dans ce décor sordide. Immobile. Avec un vague sourire absent. Détaché. Indifférent. Comme si tout ça ne la concernait pas.

— Qu'est-ce que vous avez fait à Karen ? murmura Lievin avec l'air de quelqu'un qui se débat, tout vivant, au fond d'une tranchée remplie de cadavres pas très frais.

— Un mélange efficace, répondit aimablement Sotelo. A base surtout de psychotropes. LSD si tu préfères. Ça détache du réel sans vous abîmer. Ça supprime vos mécanismes de défense sans vous endormir. Ça diminue la censure morale et sociale aussi... Tu vois ce que je veux dire ? Sans danger, rassure-toi. D'ailleurs regarde : elle se sent très bien, ta Karen...

Le gnome glapissait à nouveau dans le mégaphone :

— Alors, tas de ringards ? Vous glandez ou vous me faites une offre ?

Un énorme Congolais à la calvitie noircie naturellement au cirage et au triple ventre bourré de semoule se précipita.

— Mille francs ! hurla-t-il.

Le nain pivota à droite puis à gauche, très réussi dans son rôle de commissaire-priseur des bas-fonds parisiens.

— J'ai preneur à mille francs ! cria-t-il.

Lievin se détacha du regard d'hypnotisée de Karen.

— Vous êtes un malade, balbutia-t-il. Un monstre. Vous...

Sotelo rigola, cachant ses mains déformées derrière le dos.

— Pleure pas, souffla-t-il. On ne va pas la brader, ta femme.

Il eut un rire gras.

— Tout ça, c'est de la frime. Les enchères, c'est pour les exciter... Du cinéma... Tout est arrangé depuis cet après-midi. Un ami Libanais installé aux Philippines. Il m'a fait une offre dingue. Tu ne devineras jamais...

Lievin pivota. Partagé entre l'envie de tuer et le suicide immédiat.

— Vous irez en prison, balbutia-t-il. Je vous ferai tomber. Vous crèverez en taule !

Sotelo secoua la tête.

— Mais non, fit-il doucement. Si tu ne fais pas l'imbécile, je renonce à l'offre de mon ami Libanais. Je le regretterai, mais je suis prêt à faire ça pour toi.

Il parcourut des yeux la salle grouillante. La clientèle d'où lui venait une partie de sa fortune. Ces Maghrébins aux regards hallucinés qui faisaient la queue dans les escaliers de ses « maisons d'abattage » pour se payer cinq minutes avec une fille sur un sommier défoncé et couvert d'auréoles jaunâtres...

Décomposé, Lievin s'adossa au mur.

— Qu'est-ce que je dois faire ? articula-t-il enfin.

La réponse le fit sursauter.

— Tu prends contact avec les flics. Tout de suite. Et tu leur balances un vrai *scoop* cette fois-ci : la mort de Cécile Aumont, c'est toi.

Sotelo tenta en vain de faire jouer les jointures de sa main droite. Il grimaça.

— Sinon, c'est les Philippines pour ta femme. Et n'imagine pas qu'on la retrouvera. Son départ est déjà organisé. Aucune chance. Et puis d'ailleurs, après être passée par ce qu'elle va connaître, je me demande si tu auras encore envie de la revoir...

Il se sentait génial. Si Lievin acceptait le marché, il était à l'abri en ce qui concernait l'affaire Cécile Aumont. Blanc comme neige.

— D'ailleurs, émit-il à voix basse, la danseuse, tu étais chez elle, non ? On en a les preuves après tout.

— Vous... commença Lievin en essayant de maîtriser son claquement de dents.

Là-bas, le « commissaire-priseur » lilliputien ponctuait la montée lente des enchères. Pour faire un peu grimper la température, il souleva brusquement la robe rouge de Karen. Jusqu'aux jarretelles noires et au slip en dentelle dont il descendit sans qu'elle réagisse l'élastique sur la naissance d'une toison brune épaisse et soyeuse.

— Fais vite, souffla Sotelo derrière Lievin. Mon Libanais est dans la salle. Il attend que je lui fasse un signe et il monte au filet. Choisis. Tu te sacrifies pour elle ou c'est les Philippines. Un bordel haut de gamme à Manille...

Le regard ailleurs, Lievin tourna sur lui-même. Il parut sur le point de dire quelque chose. Puis soudain il se rua vers la sortie de l'ancien cinéma.

CHAPITRE XVIII

L'inspecteur principal Aimé Brichot étouffa un bâillement sous sa paume droite.

— C'est trop bête, fit-il de sa voix de 2 heures du matin qui criait silencieusement : « dodo ! ». On est là comme deux andouilles, rue Barbey-de-Jouy, et on ne sait même plus pourquoi on attend.

Boris Corentin se pencha vers lui, Gallia au coin des lèvres.

— Mémé, fit-il avec une nuance de reproche amical. Quinze ans de planques et tu ne t'habitues toujours pas ?

Brichot allait ouvrir la bouche pour dire que oui, décidément, il avait besoin de ses huit heures de sommeil, lorsqu'il se bloqua.

Une voiture de police avec son gyrophare sur le toit ralentissait à hauteur de la 403 dans laquelle ils moisissaient depuis déjà pas mal de temps.

Trois têtes de policiers en tenue venus directement du Quartier de la Gare (1) fouillaient du regard l'intérieur de la 403.

— Ça y est, Mémé, fit Corentin entre ses dents, ils nous prennent pour des pédés...

(1) 116 rue de Grenelle, VIIe arrondissement.

L'éclair du gyrophare jetait une lueur cardiaque dans la nuit.

— Manquait plus que ça, glapit Brichot se fouillant pour exhiber sa plaque de police.

— Inspecteur Brichot ! explosa-t-il en jaillissant de la 403 avec une violence mal calculée qui lui fit heurter la carrosserie de l'autre voiture de l'extrémité de sa portière.

Les trois flics en uniforme allaient sortir à leur tour, visiblement incrédules, lorsqu'un hurlement de pneus, au coin de la rue de Babylone et de la rue Barbey-de-Jouy les bloqua.

Prenant la rue en contresens, une Alfa Romeo fonçait sur eux.

L'éclair de gyrophare provoqua un freinage strident. Rebroussant brusquement chemin, l'Alfa fit une marche arrière à massacrer la boîte de vitesses, et s'engouffra à nouveau dans la rue de Babylone.

— Police ! Police ! fit Brichot en sautant sur place avec des bonds désarticulés de Charlot dans ses meilleurs films muets. Suivez-le ! Rattrapez-le !

Les occupants de l'autre voiture se décidèrent enfin à réaliser que l'énergumène chauve à moustache et son acolyte à carrure de champion olympique étaient des collègues. Le gyrophare se propulsa en avant. Suivi, pare-chocs contre pare-chocs, par la 403 à laquelle Corentin réussit à faire réaliser l'exploit de bondir littéralement de son créneau.

A trois cents mètres devant ses poursuivants, Lievin conduisait pied au plancher. Complètement affolé. Ne comprenant même pas lui-même pourquoi il avait pris la fuite en apercevant le gyrophare à hauteur de son domicile alors qu'il venait précisément de prendre la décision d'appeler la police et de se dénoncer comme l'assassin de Cécile...

La pluie giflait le pare-brise, aveuglante. La circulation était presque inexistante et Lievin se retrouva au bout de quelques minutes à l'entrée du souterrain Halles-Chatelet.

Il s'y engouffra.

La lumière jaune du tunnel l'éblouit. Brusquement, en face de lui, il y eut la masse d'un camion de déménagement. Avec l'inscription « Location sans chauffeur » qui se rapprocha vertigineusement de son pare-brise. Lievin freina en catastrophe.

Ensuite, ce fut l'apocalypse.

*
* *

Lievin rouvrit vaguement les yeux, avec dans les oreilles un vacarme genre bataille de Stalingrad aux heures vraiment chaudes.

Déluge de ferraille, avalanche de verre brisé, chairs qui éclatent, hurlements.

Sous le tunnel, un embouteillage monstre s'était formé. Avec concert d'avertisseurs, cris de colère, illumination bleuâtre des cars de police-secours. Un début de cassage de gueule s'amorçait, plus loin, entre deux automobilistes qui ne se connaissaient pas cinq minutes plus tôt.

Une tête de policier qu'il reconnut vaguement se penchait sur lui.

— Cécile... articula Lievin. Cécile Aumont... C'est moi...

Un rideau de sang l'aveugla. Puis ce fut le noir total.

*
* *

Boris Corentin s'arracha la cigarette des lèvres en balbutiant quelque chose d'indistinct. La surveillante du service des urgences de l'Hôtel-Dieu tortilla des hanches sous sa blouse bleue et Corentin se dit qu'en d'autres circonstances il aurait été ravi de vérifier que, comme la plupart des employées de tous les services hospitaliers du monde, elle ne portait rien sous ladite blouse.

— Il a perdu beaucoup de sang, murmura-t-elle. Côtes cassées, bassin fracturé, je me demande par quel miracle il est encore vivant.

Ses seins montèrent et descendirent sous la blouse.

— Il délire, reprit-elle. Il n'arrête pas de répéter qu'il veut voir les journalistes. Qu'il veut convoquer une conférence de presse pour expliquer quelque chose... Un crime, semble-t-il.

Corentin joua des mâchoires.

— C'est très important, murmura-t-il. Il faut que je le voie...

L'infirmière avança la jambe gauche dans l'ouverture de sa blouse déboutonnée du bas jusqu'au-dessus du genou.

— Vous savez ce qu'a dit le médecin ? répondit-elle. Pas de visites avant...

Boris se pencha vers elle, à effleurer son oreille.

— Une supposition que j'aie déjoué votre surveillance pendant que vous étiez dans une chambre auprès d'un malade qui avait un cauchemar ?

Elle le regardait.

— C'est bien ce que je pensais, fit-elle.

— A savoir ?

— Que vous n'avez pas l'habitude que les femmes vous résistent.

Elle soupira.

— Il se trouve que j'aime beaucoup les hommes qui n'ont pas l'habitude que les femmes leur résistent... Faites vite.

Corentin effleura des lèvres la naissance de ses cheveux coupés courts sur la nuque.

*
* *

Boris rabattit doucement la double porte coulissante derrière laquelle, assommé de calmants, relié à plusieurs bouteilles de perfusion, Lievin s'apprêtait à glisser dans le sommeil lourd des grands accidentés.

— Mémé, fit-il précipitamment, tu vas appeler ton informateur tout de suite. Et dépêche-toi. La femme de Lievin est en danger de mort !

Brichot s'éjecta de son fauteuil, dans le couloir où rôdait l'odeur fade de tous les hôpitaux du monde.

— Et je lui demande quoi, à Zalaoui ? interrogea-t-il.

Corentin passa une main sur ses paupières brûlantes de fatigue.

— L'îlot Chalon, près de la gare de Lyon, fit-il d'une voix hachée. Il y a dans le coin un ancien cinéma qui sert de lieu de rassemblement à tous les immigrés du quartier. C'est là, semble-t-il, que Karen Lievin a été emmenée. Grouille maintenant. Je veux l'adresse exacte. Zalaoui est une lope mais il est au courant de tout ce qui se trafique dans les bas-fonds de Paris.

Il rebroussa ses boucles noires machinalement. Arracher des bribes de phrases à Lievin avait été plutôt coton. Surtout qu'au début le PDG ne voulait pas démordre de ses aveux de culpabilité dans le meurtre de Cécile Aumont. Il avait fallu à Corentin des trésors de diplomatie pour le faire changer d'avis. Lievin avait alors commencé un récit incohérent que Boris avait recollé bout à bout, en priant le ciel de ne pas se tromper.

Brichot revint à l'allure où il était parti. C'est-à-dire au galop.

— Le *Royal-Memphis*, glapit-il. Ou ce qu'il en reste. Une sorte de grand boxon sauvage dans les ruines d'un ancien cinéma, entre la rue de Rambouillet et le passage Gatbois...

Il s'épongea le front.

— Un truc sur lequel la police ferme les yeux, paraît-il, parce que tout le quartier va être bientôt complètement rasé.

Boris le regarda.

— Eh bien, on va être obligé de les ouvrir, nous, les yeux. Et vite !

La blouse bleue moulante de la surveillante surgit au moment où ils allaient disparaître.

— Vous partez ? fit-elle avec un soupçon de regret dans la voix.

Boris se rapprocha.

— Votre nom, votre adresse, et les nuits où vous n'êtes pas de garde ? demanda-t-il.

Subjuguée, la fille s'exécuta.

— Vous viendrez ? l'appela-t-elle encore.

— Juré, lança Boris en attaquant les marches.

*
* *

Boris Corentin balança son mégot par la vitre définitivement baissée de la 403 : la manivelle lui était restée dans la main tout à l'heure.

— Non seulement on coiffe au poteau les collègues de la Crime, mais en plus on va mériter les félicitations en haut lieu, murmura-t-il. Baba avait peur qu'on maltraite Lievin et on lui sauve sa femme.

— Ne vends pas la peau de l'ours, fit Brichot d'un air cafard.

Corentin conduisait pied au plancher, ignorant les protestations de tôles tremblantes de la 403.

— Tu crois que c'est dans mes habitudes ? questionna sa flèche. Non, Mémé. Mais tu vois, à une heure pareille, j'ai besoin de me redonner un coup de cric au moral. Humain, *isn't it ?*

Par le téléphone de bord, il avait réussi à avoir l'inspecteur divisionnaire Dumont, l'un des adjoints de Badolini. Six ou sept inspecteurs étaient en route maintenant vers le même point de ralliement : l'îlot Chalon et son enfer clandestin.

La 403 ralentit boulevard Diderot.

Dans la nuit noire, les dernières ruelles encore habitées de l'îlot défilaient, sinistres. Ceux qui s'accrochaient, après les évacuations des derniers mois, filaient le long des murs comme des ombres. On pénétrait soudain dans une ville quasiment morte. Rideaux de fer tirés sur ce qui avait été des épiceries, des boucheries, des boutiques de tissus, des pharmacies.

Une longue Noire en boubou multicolore traversa devant la 403 et leur fit un signe en roulant de la croupe, une paire de fesses presque à angle droit par rapport aux reins, tant elle était cambrée.

Ici, la prostitution se réfugiait dans les squatts misérables sans eau ni électricité. Sur une paillasse et à la lueur d'une bougie.

Les façades noires et penchées bavaient leur lèpre irrémédiable.

— On attaque par où ? questionna Brichot lorsqu'ils débouchèrent rue de Rambouillet, tout près de l'ancienne entrée de ce qui avait été le *Royal-Mamphis* en des temps meilleurs. En se demandant comment ils allaient arracher le rideau de fer de l'ancien cinéma à la rouille qui devait le bloquer hermétiquement.

*
* *

Dans la salle, les enchères avaient brusquement grimpé à toute allure. Cinq mille, dix mille. Quinze mille francs. Un Ivoirien borgne, marchand de tissu à la Goutte d'Or, venait de proposer vingt mille. Un Marocain qui tenait une épicerie à Barbès lança vingt-cinq mille.

Antoine Sotelo regarda sa montre.

— Je lui donne encore un quart d'heure, décida-t-il, pensant à Lievin.

De toute façon il ne lui rendrait pas Karen. Le marché avait été conclu ferme avec le Libanais. Il voulait seulement s'assurer que Lievin s'était bien dénoncé. Avant de passer à la suite de son plan : prendre le large dès l'aube à bord de son Jodel et aller se faire oublier quelques mois en Sardaigne. Il avait une propriété là-bas. Pas achetée à son nom, bien entendu. Il n'était le propriétaire officiel de presque rien de ce qu'il possédait. Inattaquable par conséquent.

La musique était devenue de plus en plus sauvage. Quelques Noirs rebondissaient et tournoyaient dans la foule, comme en transes. Il fallait l'inhibition de tous ces misérables pour qu'ils ne se soient pas déjà rués sur la scène pour violer à tour de rôle la grande blonde si élégante qui souriait du fond d'une étrange hypnose.

Sotelo passa machinalement les doigts sur les griffures de ses joues dont la douleur faisait des élancements sous la peau. Un petit accès de sadisme supplémentaire l'envahit. Il leva le bras et le gnome, là-bas, sur la scène, comprit instantanément le signal, en chien de garde bien dressé.

— Entracte ! glapit Hugo Lobo à la salle par l'intermédiaire du mégaphone. Vous n'êtes pas contre les attractions, hein ?

Il appela l'un des culturistes, un mâle. Un énorme Africain qui avait l'air bossu tellement ses muscles se gonflaient du côté des omoplates, sous la nuque.

Le Noir souleva Karen et retroussa sa robe rouge à peu près comme King-Kong dans la scène célèbre où le singe gigantesque déshabille sa proie féminine minuscule.

Les reins larges et blancs de Karen apparurent. Le Noir la retourna de façon à ce qu'elle lui présente ses fesses et, tous deux debout, d'une main passée sous son ventre, attira sa croupe à lui. Le membre gigantesque du « body-builder » se présenta dans le sillon des fesses de la jeune femme qu'il remuait comme une poupée sans volonté.

— Superbe, apprécia Sotelo de la cabine de projection.

Ce fut sa dernière expression de satisfaction.

*
* *

— Désolé, fit une voix derrière lui. Mais si tu bouges un cil l'intérieur de ta tête va éclabousser les murs.

La gueule d'un MR 73 réglementaire dans la police française lui chatouillait le lobe de l'oreille droite.

— Inspecteur, fit Sotelo sans se retourner, vous allez casser l'ambiance.

Boris Corentin quadrilla du regard la marmite infernale de la salle et l'accouplement sordide, sur la scène, de Karen Lievin avec l'immense Noir qui commençait à essayer de la défoncer, s'y reprenant à plusieurs fois pour cause de disproportion flagrante des deux organes en présence.

— Arrête ça tout de suite, fit-il en direction de Brichot qui n'en finissait pas de se remettre d'un ongle retourné pendant qu'ils décoinçaient le rideau de fer du cinéma. Ils avaient dû s'y mettre à neuf — les sept inspecteurs envoyés par Dumont en renfort et eux — pour y parvenir.

Béant d'horreur, Brichot s'avança vers le petit escalier qui conduisait de la cabine de projection à la salle.

— Police ! hurla-t-il.

Il fallut deux ou trois détonations de MR 73 tirées en l'air pour que la foule en transe comprenne brusquement qu'il se passait quelque chose. Le plafond lézardé du cinéma s'étoila de plusieurs impacts de balles.

— Police ! s'égosilla encore Brichot dans l'odeur de cordite.

Des insultes montèrent du public à l'adresse du petit homme chauve qui venait bousiller la fête. Là-bas, sur le podium, l'énorme Noir s'était bloqué, les yeux arrondis, ahuri.

— Terminés pour toi les non-lieu, sourit Corentin, carnassier.

Le truand ferma les yeux un instant. Pensant à tout ce qui s'écroulait. La grosse affaire avec le Libanais, après la frime des enchères. Sa fuite en avion. Les mois heureux en Sardaigne dans son repaire de milliardaire retraité du crime. Et Amaranta, enfin et surtout. Ce qu'il croyait que serait pour Amaranta la « révélation » de la véritable personnalité de son père.

— Tu pers ta couronne, « Roi du Crime », continuait le policier derrière lui.

Dans la salle, les sept inspecteurs, plus Brichot, essayaient de canaliser le public en calmant un début de panique. A toutes les issues de l'ancien ciné, des colonnes de Noirs et d'Arabes se bousculaient.

— Laissez-moi me retourner, Inspecteur, demanda Sotelo. Je voudrais voir à qui j'ai affaire.

Brichot avait sauté sur le podium, bloquant dans son champ de tir le gnome qui avait joué pour la dernière fois de sa vie au « commissaire-priseur » et le Noir herculéen auquel Karen s'arrachait lentement, saisie d'un tremblement qui faisait vibrer tout son long corps sous la robe fourreau rouge.

Corentin laissa Sotelo se retourner.

Le truand dévisagea longuement le policier.

— Bravo, avoua-t-il enfin. C'est un type comme vous que j'attendais pour me coincer un jour ou l'autre. Mon équivalent, quoi, mais côté légal.

Les yeux noirs de Boris durcirent.

— Ça fait toute la différence.

Le pied-noir haussa les épaules.

— Il suffit d'un rien pour qu'on devienne flic ou gangster, non ? Un embranchement qu'on prend ou qu'on ne prend pas, à un moment précis… Et c'est parti pour la vie.

Les mâchoires de Corentin bougèrent.

— Peut-être, fit-il. Mais pouquoi tu as pris l'embranchement du crime et pas moi ?

Une détonation suivie d'un hurlement résonna dans la salle de l'ancien cinéma.

L'un des deux porte-flingues de Sotelo, Gunther, avait essayé de faire le malin au moment où un inspecteur s'approchait de lui. Il avait sorti son 357 Magnum et tenté de faire feu.

Une giclée de plomb le projeta trois mètres en

arrière. Le bras droit transformé, à hauteur du biceps, en viande hachée.

Bill, à l'autre bout de la salle, jeta spontanément son Colt 45. Se disant que, foutu pour foutu, mieux valait moisir en taule pas estropié comme son acolyte.

Sotelo eut un profond soupir.

C'était la fin de sa garde prétorienne.

— On y va ? fit Corentin. On a du pain sur la planche, non ?

Des sirènes de cars de police hurlaient dans les rues avoisinantes. D'un peu partout, les immigrés plus ou moins clandestins continuaient à s'échapper. Ça faisait des piaillements de basse-cour en folie. Peu à peu, les gardiens de la paix en tenue affluaient, bouchant les issues l'une après l'autre et bloquant les moins rapides.

Ça faisait pas mal de travail en perspective pour les équipes arrivées sur place.

Poussant Sotelo devant lui, Corentin rejoignit Brichot.

— Tu t'occupes de Karen Lievin, lui souffla-t-il. Fais-la hospitaliser. A l'Hôtel-Dieu bien entendu. Calmants pour commencer. Quand elle ira mieux, elle pourra retrouver son mari sur place...

L'un des inspecteurs qui venaient de fouiller le patron du Sex-Service du boulevard de Clichy tendit à Corentin le portefeuille de Sotelo.

A part cinq ou six mille francs en billets de cinq cents, rien qu'une photo. Une petite photo d'identité. Le visage d'une très jeune fille aux yeux vert clair immenses, à la bouche en moue adorable et aux longs cheveux d'un noir profond.

Corentin eut l'impression qu'on lui donnait un coup de poing dans l'estomac.

La copie conforme du portrait-robot dessiné sur les indications de Manuela, la concierge de la rue des Fossés-Saint-Marcel.

L'élève-amante de Cécile Aumont.

Et, probablement, la fille de Sotelo.

Le cercle se refermait.

Il ne restait plus qu'une seule énigme : l'identité de la correspondante anonyme qui avait dénoncé le « Roi du Vice de Pigalle », le lendemain de la mort de la chorégraphe.

Mais dans les profondeurs du cerveau de Corentin, quelque chose lui criait que cette correspondante anonyme avait désormais un visage.

*
* *

Le lendemain vers seize heures, dans l'une des salles d'étude du collège des Cèdres, à Versailles, la surveillante générale vint prévenir Amaranta Sotelo que quelqu'un l'attendait au parloir. Amaranta referma le livre d'histoire sur lequel elle était en train de travailler et se leva calmement.

Lorsqu'au terme de longues précautions oratoires Corentin finit par annoncer à l'adolescente que son père se trouvait depuis la nuit dernière entre les mains de la police, Amaranta esquissa un sourire très pâle.

— Excusez-moi, murmura Boris. Mais il fallait que vous sachiez. Je préférais que vous l'appreniez...

— Ce serait trop long à vous expliquer, coupa Amaranta. Vous ne pourriez pas comprendre...

Boris se tut. A l'oreille, la voix d'Amaranta c'était bien celle qui avait essayé de dénoncer par deux fois Sotelo au téléphone.

— Je croyais que j'avais horreur de mon père, balbutia soudain la jeune fille. Mais maintenant... Maintenant qu'il est arrêté...

Des sanglots violents étouffèrent brusquement la suite.

*
* *

Sous les tourbillons serrés d'une tempête de neige en avance de quinze jours sur les fêtes de Noël, Boris Corentin galopait en foulée rasante de jogger endurci.

Place de la Nation il s'arrêta un instant, cherchant des yeux le numéro de l'immeuble où il se rendait. Autour de lui, les passants filaient sous leurs parapluies vers la bouche de métro. Des guirlandes lumineuses, dans les vitrines, criaient que les fêtes de fin d'année approchaient.

Dans l'après-midi, il avait reçu un coup de fil de Karen Lievin. Son mari venait de quitter l'Hôtel-Dieu après une hospitalisation d'un mois. Elle-même avait été placée huit jours en cure de sommeil. Corentin avait très vite endigué le flot de remerciements qui montait aux lèvres de la jeune femme. Il avait toujours eu horreur de recevoir des témoignages de gratitude disproportionnés, à son avis, puisqu'il ne faisait que son devoir...

Il était vrai, que grâce à lui, la presse avait été d'une discrétion absolue sur « l'accident de la route » dans lequel le PDG de Pache et Sokal avait failli laisser la vie. Aucun lien n'avait été établi avec l'arrestation — tonitruante elle — de Sotelo et de ses sbires et l'effondrement de son empire du vice.

Quant à Charlie Badolini, il exultait, évidemment. L'affaire s'était dénouée en douceur et sans trop de casse. Et puis, les inspecteurs de la Criminelle avaient été battus à plate couture. Même pas invités à participer à l'opération finale, dans l'îlot Chalon. Un « oubli » que Berthier n'était pas près d'avaler.

Au fond de sa cellule, le vieux truand n'en finissait pas de s'insulter. En fin de compte, il avait bêtement paniqué après la mort de la chorégraphe. Et il avait multiplié les erreurs. Au lieu de se tenir tranquille et de laisser passer l'orage. Cécile Aumont, après tout, souffrait d'hémophilie — ou de quelque chose d'approchant. Il n'était même pas coupable à cent pour cent de sa disparition.

Boris Corentin avait reçu aussi un appel venant de

Versailles. Mais ça, il n'en avait parlé à personne. L'héritière de l'empire Sotelo, du fond de sa pension des Cèdres, n'avait pas oublié leur brève rencontre. Elle profiterait du congé de Noël pour venir à Paris. Elle avait besoin disait-elle, de se confier à quelqu'un.

Corentin grimpa quatre à quatre les escaliers. Dans une forme éblouissante. Sur le palier du cinquième, la porte s'ouvrit à la troisième sonnerie.

— C'est vous ? fit la jeune femme en étouffant une exclamation.

Elle était en kimono pourpre et or. Corentin eut l'impression de la découvrir. Beaucoup plus belle que dans son souvenir, quand elle était en blouse bleue de surveillante, au service des urgences de l'Hôtel-Dieu, il y avait déjà un mois.

— Vous voyez, murmura Corentin. Je tiens parole...

Elle étouffa sa voix :

— Je... Je ne vous attendais pas, fit-elle en rosissant. Je ne suis pas seule...

Boris recula sur le palier, incapable de cacher complètement sa déception.

— Excusez-moi, fit-il sourdement. J'aurais dû prévenir. Je voulais vous faire une surprise. Je regrette.

Elle le regarda. Il sentit qu'elle réfléchissait à toute allure.

— Moi aussi, je regrette, commença-t-elle.

La lueur de ses yeux devint brusquement très chaude.

— Je regrette surtout pour lui, ajouta-t-elle en désignant l'intérieur de l'appartement et par conséquent celui qui était censé s'y trouver. Et qui, quel qu'il soit, ne semblait plus peser très lourd en face de Boris Corentin.

Elle le rejoignit, et le kimono qu'elle fermait d'une main s'ouvrit. Elle était nue dessous.

— De toute façon il dort déjà, fit-elle d'une voix qui montait du ventre, rauque et brûlante. Les dormeurs ont toujours tort, n'est-ce pas ?

Elle se rapprocha encore et il sentit la tiédeur de son corps contre lui.

— Tu m'attends cinq minutes ? fit-elle en l'embrassant. Je m'habille et je te rejoins.

Ses yeux s'électrisèrent.

— Et on va où tu voudras, acheva-t-elle. Et aussi longtemps que tu voudras.

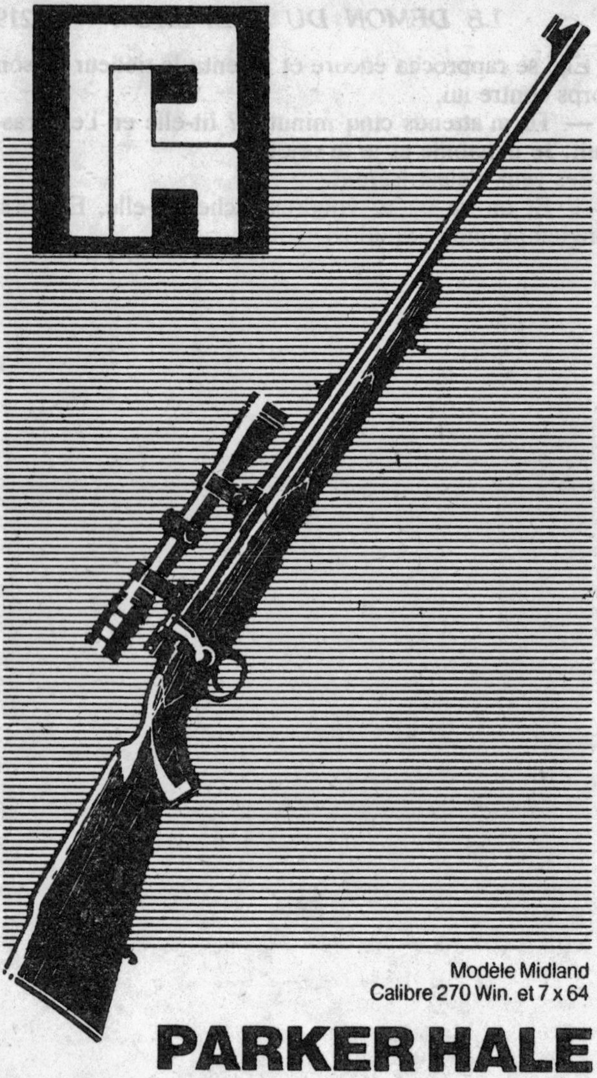

Achevé d'imprimer le 25 janvier 1985
sur les presses de l'Imprimerie Bussière
à Saint-Amand (Cher)

— N° d'Édition : 11279. — N° d'Impression : 3026. —
Dépôt légal : janvier 1985

Imprimé en France